Siegfried Binder

Tödliche Gifte

Erzählungen

Die Handlung dieser Erzählungen sowie die darin vorkommenden Personen sind frei erfunden, eventuelle Ähnlichkeiten mit realen Begebenheiten und tatsächlich lebenden oder bereits verstorbenen Personen wären rein zufällig.

Bibliografische Information der Deutschen Nationalbibliothek
Die Deutsche Nationalbibliothek verzeichnet diese Publikation in der Deutschen Nationalbiografie; detaillierte bibliografische Daten sind im Internet über http://dnb.d-nb.de abrufbar.

© 2018 Siegfried Binder
Herstellung und Verlag: twentysix Verlagsgruppe Random House
Satz, Layout: Ross Werbedesign, Soest
Titelbild: Gemälde „Schlangen" 1988, Corneille-Cornelis van Beverloo

ISBN 9783740744229

Aber kommt, wie der Strahl
aus dem Gewölke kommt,
Aus dem Gedanken vielleicht,
geistig und reif,
die Tat?

Hölderlin

Inhalt:

Die Schlange
Seite 7

Der Schwesternmord
Seite 138

und eine ganz andere Geschichte:
Ein alltägliches Ereignis
Seite 203

Die Schlange

I

In meinem Beruf ist alles hintergründig und bedeutungsvoll. Ich unterhalte mich mit einem Menschen und achte unbewusst darauf, wie er spricht, was seine Augen, seine Mimik, seine Gestik über das hinaus verraten, wovon er gerade spricht. Keiner ist, was er gern sein möchte. Man teilt mir freudige, traurige, interessante Nachrichten mit, Geschichten von Glück, Versagen, Angst, Hass und Liebe und ich erkenne, was verschwiegen wird. Die Nachbarin erzählt in einem nicht endenden Redefluss, was ihr Hündchen frisst, wen es mag, dass es so gerne kuschelt und bei ihr schläft. Ihre Augen weiten sich dabei, die Augenmuskulatur legt sich in kleine Falten, der Mund lächelt breit und die Hände gleiten streichelnd über ihren Körper. Wenn sie lacht, verrät sie sich mit ihrem Lachen. Es ist schüchtern, fast ängstlich und hat keinen befreienden Klang. Es ist nicht Ausdruck von Freude, sondern Ausdruck ihrer Freudlosigkeit. Sie ist klein und zart gebaut. Sie spricht leise, ihre

Stimme ist weich. Ihr Körper wirkt disproportioniert. Aber was sie sagt, klingt warm und liebevoll und über weite Strecken flehentlich. Mein Herz wird schwer. Ich erkenne, dass sie eine Gezeichnete, eine Abgewiesene, eine Zurückgestoßene, ein Stiefkind Gottes ist. Hinter der äußeren Schale verbirgt sich eine Seele, die nach Liebe dürstet, die begehrt und begehrt sein will, diese Lebensgier nur aus Erzählungen und Liebesromanen kennt und deshalb das Leben mit Gram betrachtet. In dem, was sie liest, wimmelt es von jungen und schönen, von klugen und reichen, von auserwählten und begnadeten Frauen, die in einem Überfluss leben, nach dem sie sich vergeblich verzehrt. Ja, das Hündchen ist für sie Ersatz für entbehrte Liebe. Sie ist mit den Jahren verblüht, ihre Zukunft ist aussichtslos und hoffnungslos, ihre irdische Existenz allein durch Pflichterfüllung und imaginierte Liebe zum vierbeinigen Liebling gerechtfertigt, von dem sie keinen Widerspruch erfährt, wohl aber Treue und Anhänglichkeit und so wenigstens ein Stück von Harmonie und Glück. Oder liegt in dieser Beziehung doch Glück, frei von Eifersucht, Bedrängnis, Vorwurf? Frei von Enttäuschung und Rachsucht? Und wird gesättigt durch Anspruchslosigkeit und Bescheidenheit, Ruhe und Verlässlichkeit? Wenn ich abends vor dem Schreibtisch saß, spät zu Bett ging, dann waren es solche Gedanken, die mich bewegten. Ich hörte Worte, Sätze, Musik und Geräusche, grübelte über die menschliche Natur. Wären die Menschen fähig, Frieden, Harmonie und Gerechtigkeit zu leben, brauchten sie kein jenseitiges Paradies erfinden. Es wäre hier auf Erden. Ich versuchte zu erdenken, wie Gerechtigkeit sich gerecht verteilen lässt: Körperliche Schönheit, sportliche Befähigung, künstlerische und musische Kreativität, überragende Geisteskraft, familiäre Herkunft. Immer gibt es Überlegene und Unterlegene, immer fühlen sich die Verlierer benachteiligt, was sich in Neid, Feindseligkeit, Vorurteil und blinder Weltanschauung niederschlägt. Ich suche nach einer Lösung für dieses menschlichste aller Probleme und fand sie nicht. Nachts verlasse ich das Bett, weil mich Stimmen nicht schlafen lassen. Sie treten unvorhersehbar auf, sind laut und deutlich und erschrecken mich oft. Es sind Halluzinationen. Ich notiere das Gehörte, lese es am Tage und stelle fest, es ist ohne Zusammenhang, sinnlos und ohne Bedeutungsgehalt. Aber es klingt phantastisch, alles ist in sich plausibel, selbst das brennende Wasser und der fliegende Stein, der reiche Bettler und die Insel des Glücks. Ich berausche mich an der Freiheit der Gedanken, in der es keine Gesetze der Natur und der Gesellschaft gibt. Welch ein Irrsinn. Ich fürchte, dass ich ein psychiatrischer Fall bin, verschweige deshalb meine Visionen und ahne doch, dass ich eine Botschaft zu verkünden habe. Ich bin nur Landarzt mit einer kleinen, unbedeutenden Praxis für Allgemeinmedizin in Wohldorf nahe Hamburg und fühle mich insgeheim berufen, eine Weltsicht, ein höheres Bewusstsein und menschlichen Daseinssinn zu vermitteln, wie es schon immer von Denkern und Künstlern gedacht wurde und doch ständig in immer neuen Variationen von Berufenen in unser Leben hinein getragen werden muss. Mit diesem Anspruch ordne ich mich ein in die unendliche Reihe der Mahner und Visionäre, demütig und bescheiden.

In einem Zustand von Benommenheit und Klarheit hatte ich in einer Nacht eine Vision, in der ich Akteur und Zuschauer, Erzähler und Zuhörer zugleich war und das eine vom anderen nicht zu trennen vermochte. Mir wurde eine Geschichte erzählt. Das Gehörte schlug mich in Bann. Ich glaubte, in der Sinnestäuschung sei mir auf die metaphysische Sinnfrage eine verschlüsselte Antwort gegeben worden. Es ging nicht um gedankliche Abgehobenheit, sondern um Probleme der realen menschliche Existenz, um das alltägliche Thema, wie sich Geld, Liebe, Lüge und Wahrheit verstricken und unseren Lebensweg bestimmen. Am nächsten Morgen habe ich das realmystische Traumgeschehen auf Papier mit allen Widersprüchen und Ungereimtheiten festgehalten, soweit ich es noch erinnern konnte. Und das im Bewusstsein, dass nur das geschriebene Wort die Gefühle, die Gedanken und Überzeugungen und die wichtigsten Dinge des Lebens aus unserer und vergangener Zeit bewahrt, auch wenn sie für die nach uns Lebenden nicht nachvollziehbar und schwer erklärbar sind.

Hier nun meine Niederschrift, von der ich weiß, dass es nicht mein Geist ist, der sich in mir und den Figuren verkörpert.

II

Ich bin Harlekin und Schelm, führe unendliche Dispute mit mir selbst und komme weder zur Selbst- noch zur Welterkenntnis. Ein Thema dröhnt in meinem Kopf und treibt mich zur Verzweiflung. Als Knabe von neun Jahren erlebte ich das erste Drama meines Lebens. Es machte mich einsiedlerisch und zurückgezogen, machte mich über alle Maßen vorsichtig und behutsam. Bei einem Indianerspiel mit Pfeil und Bogen war im Eifer des Gefechts und aus Versehen ein Pfeil von mir in das linke Auge meines Cousins eingedrungen. Er trug fortan ein Glasauge. Man machte mir keine Vorwürfe, tröstete mich damit, dass es ein zufälliges Ereignis gewesen sei. Jede Begegnung mit meinem Cousin, und die ließen sich nicht vermeiden, riefen bei mir Schuldgefühle hervor. Die Frage, warum gerade mich ein solches Unglück getroffen hatte, verdichtete sich bei mir zum endlosen Nachdenken über den Sinn von Schuld und seiner Sühne. Ich mied die Abenteuerspiele der Jungen meines Alters, ging jedem Streit aus dem Wege und wurde ein Eremit inmitten des pulsierenden Lebens um mich herum. Nach dem Abitur begann ich, Philosophie und Theologie zu studieren. Im vierten Semester der Philosophie erkannte ich meine intellektuelle Beschränktheit und entschloss mich, das nutzlose Denken aufzugeben und nur noch Gutes zu tun. Das kam allerdings auch nicht von ungefähr. Zur gleichen Zeit war ich mit einem guten Freund mit dem Auto zu einer Theateraufführung unterwegs. Wir waren im Gespräch vertieft, ich übersah ein Halteverbot und verursachte einen Unfall, bei dem sich mein Freund eine schwere Kopfverletzung zuzog. Ich war über mich entsetzt. Wie konnte das geschehen, was habe ich da wieder angestellt. War es ein Fingerzeig der Vorsehung oder blinder Zufall? Bin ich die Inkarnation des Bösen? Ein Teil jener Kraft, die stets das Gute will und doch das Böse schafft? Ich entschloss mich, Medizin zu studieren und bin seitdem bemüht, Hochmut und Zorn zu unterdrücken, meine Leidenschaft zu zähmen, rechtschaffen zu sein, der Wahrheit zu dienen und keinem Menschen Schaden zuzufügen. Man nennt mich deshalb den frommen Frieder.

Ich bin der Sohn eines Kleinbauern, schwach gebaut, im Umgang nachgiebig und friedfertig und wuchs auf in armen und engen Verhältnissen. Ich war aber keineswegs ein Schattenkind, nein, ich habe Liebe und Zuwendung im Überfluss erhalten. Nach meinem Studienwechsel fühlte ich mich befreit und berufen, Kranke zu heilen, Sieche zu pflegen und den Todgeweihten das Sterben zu erleichtern. Nach Abschluss meiner Ausbildung ließ ich mich in meiner Heimat in unmittelbarer Nähe von Hamburg als Landarzt nieder.

Mein erster Patient war ein junger Mann von 28 Jahren. Er war mir als Maximilian Geist von meiner Sekretärin angekündigt worden.

Hochgewachsen und vornehm betrat er schüchtern und gehemmt den Behandlungsraum, schaute sich prüfend um und nahm nach Aufforderung vor meinem Schreibtisch mir gegenüber auf einem Stuhl Platz. Seine blauen Augen hatten eine auffällige Strahlkraft, während mir seine Mimik im Kontrast dazu merkwürdig starr erschien. Ich leitete das Gespräch mit der Frage ein, was ihn zu mir führe und welche Beschwerden er habe. Seine Antwort irritierte mich.

„Ich habe keine körperlichen Beschwerden. Ich bin Physiker, theoretischer Physiker beim Max-Planck-Institut. Wir führen die empirischen Modelle der Experimentalphysik mathematisch auf bekannte Grundlagentheorien zurück und falls dies nicht möglich ist, entwickeln wir Hypothesen für neue Theorien, die dann wiederum experimentell überprüft werden können. Unser Ziel ist es, die Gesetze unserer Welt weiter zu erforschen, um konkrete Vorhersagen physikalischer Begebenheiten treffen zu können. Mir persönlich geht es vor allem darum, die Wechselwirkungen von Mikrokosmos und Makrokosmos zu erfassen, um sie in eine zutreffende Weltformel zu gießen."

Die Stimme meines Patienten war bei seinem Vortrag wenig moduliert. Von ihm ging für mich etwas Unheimliches und zugleich etwas Beeindruckendes aus. Ich lehnte mich in meinen Sessel zurück, schloss die Augen und überlegte. Was er vortrug, war klug und entsprach den gegenwärtigen wissenschaftlichen Erkenntnissen. Und doch sagte mir mein Gefühl, er ist ein psychiatrischer Fall. Was tun? Ihn an einen psychiatrischen Kollegen überweisen? Der würde ihm Psychopharmaka verschreiben und damit seine Persönlichkeit zerstören. Ich entschloss mich, mich auf seine Weltsicht einzulassen. Ich beugte mich über meinen Schreibtisch vor und sagte dem Ersten, so betitelte ich ihn bereits im Stillen:

„Sie sind mein erster Patient. Ich habe Sie erwartet. Ich wusste, dass Sie kommen. Aber ich kann nicht sagen, woher und von wem ich das weiß."

Maximilian schwieg lange Zeit, ich wartete geduldig auf seine Antwort. Er schien betroffen zu sein. Dann stellte er wie ein Beamter trocken und emotional unbeteiligt fest:

„Man hat mir gesagt, ich soll Sie aufsuchen. Ich kann auch nicht sagen, wer mir diesen Ratschlag gegeben hat. Ich bin ihm jedenfalls gefolgt. Uns verbindet offenbar eine mir bisher unbekannte physikalische Größe."

„Vielleicht. Nun aber lüften Sie ihr Geheimnis, denn deshalb sind Sie wohl zu mir geschickt worden."

Der Erste tat sich sehr schwer. Er schluckte, dann platzte es aus ihm heraus, leise und eindringlich:

„Die Erde geht im Jahre 2035 unter. Danach

kommt das Jüngste Gericht und die Menschen werden nach ihren Taten gerichtet. Diejenigen, die ohne Schuld und ohne Bosheit sind, erwartet paradiesische Freude, diejenigen, die sich schuldig gemacht haben und bösartig sind, erwartet höllische Qual. Was soll ich tun? Ich habe Angst vor dem Weltuntergang und habe Angst, die Menschheit aufzuklären und zu warnen. Täte ich es, würde man mich für verrückt erklären und meine soziale Existenz vernichten."

Ich hakte nach.

„Woher haben Sie ihr Wissen?"

„Ich höre gelegentlich Stimmen, die mir das Zukünftige vorhersagen."

„Oder sind es Ihre Gedanken, mit denen Sie sich intensiv beschäftigen und die sich bei Ihnen hörbar verdichten?"

„Nein, nein, ich habe schon viele Beweise gesammelt, wie die Menschheit tatkräftig ihren eigenen Untergang organisiert. Ich habe das Prinzip der Gerechtigkeit erkannt. Die Menschen selbst schaffen sich jene Bedingungen, unter denen sie zukünftig leben oder untergehen."

„Nun gut, ich möchte Ihnen anvertrauen, dass

auch ich zuweilen Sinnestäuschungen erliege. Sie bestimmen sehr stark mein Denken, Fühlen und Handeln. Oder ist es umgekehrt, dass mein Denken, Fühlen und Handeln meine Sinneswahrnehmung bestimmt? Wie auch immer. Es ist ein Rätsel meines Lebens, das ich noch nicht gelöst habe. Sie brauchen sich nicht zu fürchten. Behalten Sie ihr Wissen und ihr Erleben für sich. Setzen Sie sich nicht den Schmähungen der Unverständigen aus, denn jeder Mensch trägt ein Geheimnis in sich, jeder Mensch bedarf des Schutzes. Sie sind ein Auserwählter, es ist das Höchste, was uns widerfahren kann. Das ist wunderbar. Warten Sie ab, was die Zeit bringt. Nehmen Sie Ihre Gewissheit als Hypothese an und überprüfen Sie im Jahre 2035 ihre Hypothese auf ihren Realitätsgehalt. Nur nicht gegen Windflügel kämpfen. Leben Sie aktiv und frohgemut auf die Zukunft hin, seien Sie weiterhin ein guter Mensch und Vorbild für andere. Bejahen Sie, wofür Sie sich bestimmt fühlen. Vielleicht sind Sie tatsächlich ein Prophet."
Ich war von meinem Zweckoptimismus und der Wirkung meiner Worte überzeugt und sprach frei

aus frohem Herzen. Der Erste wurde von meiner verbalen Beschwingtheit angesteckt. Er gab seine Distanziertheit auf, entkrampfte sich und lächelte.

„Ich will Ihnen glauben und nehme Ihren Ratschlag an. Aber ich schlage Ihnen ein zeitnahes experimentum crucis vor. Sie werden in absehbarer Zeit sterben, in den Himmel aufsteigen und als neuer Mensch auferstehen. Dann erst werden Sie mich wirklich verstehen."

Seine Worte machten mich nachdenklich, doch die neuen Eindrücke des Tages ließen sie mich vergessen.

Maximilian und ich vereinbarten weitere Konsultationen. Ich aber fand, dass mein Start in das Berufsleben recht gelungen war.

III

Ich habe einen sehr vertrauten Freund, er heißt Jonatan Dampf, man ruft ihn aber Jonas. Wir sind zwei grundverschiedene Naturen, ziehen uns vielleicht deshalb an. Er ist Sohn eines Autohändlers, ist von Statur ein kräftiger, aufgeschossener Bursche mit feurigen Augen, der stets viel zu erzählen hat, die Menschen leicht zum Lachen bringt, nie zur Ruhe kommt und in jeder Situation um Aufmerksamkeit und Beachtung buhlt. Ein Sonnenkind. Seine strahlende Oberfläche hat wenig Tiefe. Gleichwohl versteht er es, mit Beredsamkeit zu überzeugen und Freunde zu gewinnen. Ihm gelingt alles, was er will, ihm fällt das Glück sozusagen auf die Füße. Gedankentiefe ist nicht seine Sache, doch sein Verstand trübt nie seine Urteilskraft und seinen Realitätssinn. Als die Zeit kam, sich für einen Beruf zu entscheiden, nahm er das Studium der Betriebswirtschaftslehre in Kombination mit Informatik auf, denn er hatte in einem Wirtschaftsmagazin gelesen, auf diesem Wege könne man schnell sehr reich werden. Mit dem Studium erging es ihm wie dem Esel, dem der Sack Weizen zu schwer wurde, ihn deshalb abwarf und leichtfüßig seinen Weg fortsetzte. So auch Jonas. Noch während des Studiums lieh er sich von seinem Vater eine nicht unbeträchtliche Geldsumme, ersteigerte sich damit eine Schiffsladung chinesischer Antiquitäten und verkaufte sie gewinnbringend. Nach Abschluss des Geschäfts stand fast eine Million Euro auf seinem Konto. Der Erfolg bewegte ihn, das Studium aufzugeben, einen Investmentfond zu gründen, diesen bei der Börse zu listen, mit fantastischen Versprechen von Reichen und Armen Geld einzusammeln und es spekulativ anzulegen.

Just auf dem Höhepunkt seines Erfolges hatte sich Jonatan in Hamburg im Hotel Vier Jahreszeiten einquartiert, um Geschäfte abzuwickeln. Zu gleicher Zeit war auch ich Gast des Hotels, um an einem Ärztekongress teilzunehmen. Wir trafen uns zufällig beim Abendessen, waren freudig überrascht und tauschten Kindheits- und Schulerinnerungen aus. Wir verabredeten uns, gemein-sam den Abend zu verbringen und beschlossen, die allseits bekannte Disko „Baalsaal" auf der Reeperbahn aufzusuchen. Für mich stellte dieser Entschluss ein ungewöhnliches Abenteuer dar, für Jonatan gehörte das nächtliche Vergnügen zu seinem Lebensstil. Die Disko quoll über von vergnügungshungrigen Menschen. Wir entdeckten abseits noch einen Tisch, an dem eine junge Dame saß, aber drei Stühle unbesetzt waren. Wir erhielten von ihr zögerlich die Erlaubnis, zwei der freien Plätze in Beschlag zu nehmen. Wir stellten uns mit unseren Vornamen vor. Ich musterte das Mädchen. Sie hatte weite, grün-graue Augen, die mit kindlichem Ausdruck erstaunt in die Welt blickten. Ihre Lippen waren verführerisch aufgeworfen. Sie mochte etwa zwanzig Jahre alt sein, wirkte unreif, aber weltoffen. Jonatan nahm sofort das Gespräch mit ihr auf, erfuhr, dass sie Tanja hieß, achtzehn Jahre alt war und hier auf jemanden wartete, den sie nicht kannte, mit dem sie sich aber übers Internet verabredet hatte. Wir flößten ihr wohl sehr schnell Vertrauen ein, schienen ihr allein aufgrund unseres mehr als fünfzehn Jahre höheren Alters solide und rechtschaffen zu sein. Sie schwatzte daher, was ihr gerade einfiel und wies sich damit als naiv, gutmütig und offenherzig aus. Sie erzählte, dass sie als Notariatsgehilfin beschäftigt sei und über Anzeigen bemüht sei, sich einen richtig reichen und attraktiven Mann zu angeln. Sie sprühte voller Lebenslust und wollte erkennbar Spaß vom Leben haben. Sie liebe Rockmusik, Hip-Hop und das Tanzen über alles. Jonatan rückte näher an sie heran, erzählte von seinen geschäftlichen

Erfolgen, von seinen Luxusautos, seinen Weltreisen, von Bekanntschaften mit berühmten Männern und Hotelsuiten, in denen bereits Könige und Präsidenten residiert hatten. Seinen Reichtum umschrieb er mit einer witzigen Anekdote:

„Vor Jahren erschien mir im Traum der Teufel. Gehörnt und mit Pferdefuß. Ich bat ihn, mir zu helfen, reich zu werden. Er meinte, das sei kein Problem für ihn. Bedingung dafür wäre, dass ich ihm einen Gefallen erweise. Ich war dazu bereit, aber ich würde nichts mit Blut unterschreiben und würde ihm auch nicht meine Seele verkaufen. Er erklärte, das sei auch nicht sein Anliegen. Ich solle nur vor der Kirchentür einen großen Haufen machen, denn der Dorfpfarrer spreche seine Beichtkinder zu oft von allen Sünden frei und entreiße sie so den verdienten Höllenqualen. Ich war einverstanden, schlich mich zur Kirchentür, zog meine Hosen herunter und presste aus Leibeskräften. Und davon wurde ich wach. Ich hatte in mein Bett geschissen. Immerhin, der Teufel hielt sein Wort, ich wurde reich und das Glück hat mich seitdem nicht verlassen."

Wir lachten. Tanja hörte ihm bewundernd zu, staunte, indirekt teilzunehmen an den Ereignissen der großen Welt und himmelte ihn an. Er forderte sie zum Tanzen auf, bewies ihr, dass sein Blut noch brausend durch die Adern floss. Er warf sie kraftvoll um sich, verschärfte das Tempo, spornte sich selbst an und steigerte sich in einen Bewegungsrausch. Er beendete seine Kür erst, als Tanja ihn atemlos bat, sie ein wenig ausruhen zu lassen.

Verschwitzt und ausgepumpt kehrte das Pärchen auf seine Plätze zurück. Tanja, vom Tanzen erschöpft, poppig gekleidet, sah reizvoll aus. Sie dachte, er sieht gut aus, ist klug und ist reich. Er erzählt so interessant und ist charmant. Er wäre der Mann, den ich mir immer erträumt habe. Sie trank viel Wein, war bald trunken und alles an ihr blitzte und verführte.

Ich verfolgte aufmerksam das zufällige Zusammentreffen dieser unterschiedlichen Naturen mit kritischen Augen. Ich stellte die Überlegung an, dass Jonatan eitel und egoistisch ist. Seine Balz ist darauf angelegt, ihr zu imponieren und ist doch nur Fassade. Ich empfand Mitleid mit diesem anmutsvollen und unerfahrenen

Geschöpf. Er ist heterophob und wird sie enttäuschen, sie früher oder später kalt abservieren. Was habe ich eigentlich in dieser Gesellschaft zu suchen, wie kann ich verschwinden, ohne meinen Freund an den Kopf zu stoßen. In diesem Moment kehrten die beiden von der Tanzfläche zurück. Tanja fragte, was ich beruflich mache. Ich wollte nicht unhöflich sein.
„Ich bin Landarzt. Ich habe eine Praxis in der Nähe von Hamburg."
Tanja konnte nicht an sich halten.
„Oh wie schrecklich. Da verkommst Du ja bei den Landpomeranzen und den Kühen."
„Nein, so ist es nicht. Es ist ein Leben, das viele Menschen sich nicht mehr vorstellen können. Die Bauern und Landleute sind fleißig, rackern sich ab und haben ein schweres Leben. Sie verdienen mit ihrer Arbeit nur wenig Geld. Aber sie sind erdverbunden, sind offen, ehrlich und bescheiden. Sie helfen einander in der Not, feiern gemeinsam Feste und halten ihre dörflichen Traditionen hoch. Viele gehen am Sonntag noch regelmäßig zur Kirche. Sie lieben ihr Dorf und ihr Land."
„Also eine Insel der Seligen?"

„Auch das ist verzerrt. Menschen erkranken, die Alten brauchen Pflege, Kinder verunglücken. Für sie bin ich da. Wir sprechen über ihre Sorgen und Probleme. Wir kennen uns, sind uns nahe, vertrauen uns, geben uns gegenseitig Trost und Halt."

Ich sprach leise, vielleicht auch zu gefühlsgetragen. Tanja wurde für kurze Augenblicke nüchtern, betrachtete mich erstaunt und lächelte. Meine Worte hatten ihre Seele in Schwingungen gebracht, hatten eine schlafende Sehnsucht geweckt, die sie nicht benennen konnte.

Jonatan erfasste diesen Stimmungswechsel von Tanja instinktiv. Fast grobschlächtig rief er dem Ober zu:

„Bringen Sie bitte eine Flasche Champagner, den besten Champagner, den Sie haben!"

Und an Tanja und mich gewandt:

„Dieser Abend soll uns unvergessen bleiben."

Der Ober schenkte ein. Jonatan erhob sein Glas.

„Ich spüre, mit Euch trete ich in ein neues Leben ein und mit Euch will ich es beenden."

Ich war von seinem Toast überrascht. Machte der Alkohol ihn weinerlich? Ich wusste, dass er homosexuell ist. War er deprimiert, weil das

präsente Glück ihm nicht fassbar war?
Ich hob mein Glas.
„Das Schicksal soll uns binden, das Schicksal mag uns trennen. Zwischen Leben und Sterben wollen wir unsere Freundschaft festigen und alle Zwietracht meiden."
Tanja resignierte.
„Ach, ihr Philosophen. Ich verstehe nichts. Ich lebe. Ich stoße auf das Leben an."
Wir stießen an, tranken noch eine Flasche Champagner und hatten unseren Spaß. Jonatan wurde einsilbig und überlegte im trunkenen Kopf, wie er sich Tanja in dieser Nacht entledigen könne, denn sie machte ihm gegenüber aus ihren Liebeshunger keinen Hehl. Ebenfalls deutlich alkoholisiert überlegte ich, dass durch Zufall sich hier und jetzt Lebenslinien kreuzen und ob das wohl für einen gemeinsamen, im Suff beschworenen Lebensstrom ausreichen könne.
Wir feierten in die Nacht hinein und verließen am frühen Morgen heiter und wohlgemut gemeinsam das Lokal. Der Vollmond schimmerte fahl und schaute, goldig gemalt wie ein Heiligenschein, auf uns nieder. Doch was tat sich auf der Erde? Jonatan bot Tanja an, sie mit dem Taxi zu

ihrem Elternhaus zu fahren. Sie war einverstanden. Dort angekommen, bat sie den Taxifahrer zu warten. Sie zog meinen Freund sanft zur Rückseite ihres Elternhauses. In einer Ecke umarmte sie ihn, quasselte, dass er der Mann ihres Lebens sei und sie ihn liebe. Er bekam ein mulmiges Gefühl und wollte sich ihr entwinden. Ihr Mund mit den dunkelrot geschminkten Lippen näherte sich langsam seinen Lippen. Sie küsste ihn mit der Zunge, schlank beide Arme um ihn und zog ihn an sich. Er hielt still.
Schweißperlen rannen von seiner Stirn und sein Herz pumpte wild. Er hatte nur den Gedanken, wie eklig, wie widerlich, wie entkomme ich ihr.
Mit geübtem Griff öffnete sie seinen Hosenstall, er stieß sie roh von sich und wehrte sich mit Worten:
„Nein, nicht doch…. Nicht jetzt… Man kann uns sehen… Nein, nicht hier."
Davon unbeeindruckt drückte sie ihn an den Zaun und sie tat, was sie in solcher Situation immer getan hatte. Nicht das, was sie eigentlich wollte, sondern das, was sie glaubte, was man von ihr erwarte. Sie presste sich an ihn, frottierte ihn wild und ungestüm, stimulierte ihn mit ihrem

Unterkörper im rasenden Rhythmus, atmete heftig und stieß stöhnenden Laute aus. Es war für ihn kein erregender und befriedigender Augenblick. Er wusste nicht so recht, was mit ihm geschah. Sie schmachtete ihn an, er stieß sie schließlich mit Erfolg von sich und forderte sie barsch auf, die Kleidung in Ordnung zu bringen. Dann versprach er, von sich hören zu lassen. Er verabschiedet sich hastig mit gewürgter Kehle:
"Das Taxi wartet, das war nicht gut, so wollte ich den Abend nicht beenden."
Obwohl Tanja seit dem vierzehnten Lebensjahr eine Vielzahl von One-Night-Stands eingegangen war, meistens nach einer Runde von Joints im Kreise Gleichaltriger, öfter mit zwei Jungen hintereinander und ohne Reue, empfand sie diesmal die Situation als erniedrigend. Sie fühlte sich durch die Abweisung gedemütigt und schämte sich. Sie schlich ins Haus, verkroch sich in ihr Bett und ließ sich beim Frühstück nur unwillig von der Mutter ansprechen.
Herr Schill, der Vater von Tanja, war ein schweigsamer Mann, der nach seinem Dienst als Maschinenwart in einer Metallfabrik seine Zeit jahreszeitlich im Schrebergarten oder im Keller

seines Reihenhauses verbrachte, wo er sich in einem Raum eine Eisenbahnlandschaft aufgebaut hatte, die er ständig erweiterte und technisch optimierte. In seiner Behausung sprach er oft und gern dem Alkohol zu. Nach einem peinlichen Vorfall im alkoholisierten Zustand hatte er das Abstinenzgelübde abgelegt, nie wieder Kognak zu trinken. Er hielt sich wie alle Alkoholiker an seinen Schwur und sprach deshalb nur noch dem Wodka zu. Er war praktisch jeden Abend deutlich alkoholisiert, bestritt aber auf Vorhalt beharrlich seinen Zustand.

Seine Ehe verkümmerte nicht nur wegen dieses Umstandes. Frau Anja Schill, wie ihr Mann 50 Jahre alt, war eine hagere, griesgrämige Frau ohne Charme mit einem Abglanz vergangener Schönheit. Sie versorgte den kleinen Haushalt und empfand ihr Leben als unerträglich langweilig. Sie konnte sich nicht verzeihen, in schwachen Stunden dem Werben ihres Mannes nachgegeben und mit ihm die Ehe geschlossen zu haben. Sie meinte, die ihr zugedachte soziale Stellung verspielt zu haben, als sie ihren ersten Verlobten, Sohn einer angesehenen und reichen

Unternehmerfamilie, im Bett mit einer Dame überraschte und sich deshalb von ihm abrupt trennte. Bei ihrem Mann musste sie sich mit sehr einfachen und sehr bescheidenen Verhältnissen abfinden. Er schien ihr vertrottelt und nur die Tochter Tanja ketteten sie an die Ehe. Stets verdrossen und unwirsch, hatte sie an allen Menschen und allen Gegebenheiten ihrer Umwelt etwas auszusetzen, war gehässig, missgünstig und schiefmäulig. Bei jeder Gelegenheit ließ sie durchblicken, dass sie in jungen Jahren ihren Verlobten um der Ehre willen verlassen habe. Er sei nun Eigentümer einer weltbekannten Schiffswerft, habe sich aber ihretwegen nie verehelicht. Die gedanklich ständig präsente und verpasste Gelegenheit machten ihr eine Vielzahl von körperlichen Beschwerden. Sie ließ sich in Reha-Kliniken einweisen und fuhr jährlich zweimal in warme Länder, um sich von der unvergessenen Enttäuschung und den Strapazen ihres Lebens zu erholen. Der Gedanke, dass sie Liebe nicht annehmen und Liebe nicht geben kann, kam ihr nie. Sie erfüllte ihre Pflichten, aber ihre Denkwelt war verkümmert und verdorrt, ihre Erlebniswelt war fixiert auf Geld. Sie verschwieg aus falscher Scham, dass sie als Kind mittelloser Eltern nie die Möglichkeit hatte, sich schön zu kleiden, ein Musikinstrument zu erlernen, fremde Länder kennenzulernen, das Theater zu besuchen, in eine höhere Schule aufgenommen zu werden. Ihr alltägliches Bildungsbrot während der Schulzeit war der Streit der Eltern um Geld, das nie ausreichte, über das Notwendig-ste hinaus Wünsche zu erfüllen. So wurde für sie Geld das Synonym für Freiheit, Sorglosigkeit und Lebensfreude. Sie spielte heimlich Lotto, erträumte sich einen Hauptgewinn und verbrachte Stunden des Tages damit, sich auszumalen, wie sie ihr Leben unbeschwert in Reichtum genießen würde. Sie verlor darüber an Tatkraft und Lebensmut, hoffte auf den Zufall und auf die ausgleichende Gerechtigkeit, prangerte die ungerechten Verhältnisse an und sah sich am unteren Ende der sozialen Skala angesiedelt. Der Neid auf diejenigen, die zu haben schienen, was eigentlich ihr zukam, zerfraß ihre Seele wie Rost das Eisen. Frau Schill stritt fast täglich mit Tanja über deren Lebenswandel, jammerte ständig über Geldnot und ihren unfähigen Mann, ansehnlichen

Wohlstand zu generieren. Sie war eine zutiefst frustrierte Frau, die mit sich und dem Leben haderte.

Tanja hatte nach drei Tagen das Ereignis mit Jonatan vergessen. Es war nichts Ungewöhnliches geschehen, wozu das Vergangene noch bedenken. Die Bekanntschaft war flüchtig und amüsant, eine Alltäglichkeit, bei der man sich zwar seelisch fremd, aber körperlich intim begegnet war. Es war eine Beziehung, in der körperliche und seelische Bedürfnisse nicht harmonierten, seine Triebabwehr und ihre Liebesgier unvereinbar waren. Vergiss es, vergiss es. Es ist müßig, ihren willigen Geist gegen ihr schwaches Fleisch aufzurechnen, denn entscheidend war, dass sie das Gewissen einer kleinen Hure hatte.
Bei Jonatan hakten sich ungewohnte Gefühle von diesem Abend fest. Das Abenteuer mit Tanja ging ihm nach. Der Berechnende staunte über sich selbst. Er hatte sich von der Ausstrahlung dieses Mädchens betören lassen, wäre beinahe von ihr missbraucht worden. Dennoch fühlte er Freude, fühlte sich gehoben, trällerte Schlager vor sich

hin, wenn er an sie dachte. Der Grund hierfür waren nicht Liebesgefühle. Er war Geschäftsmann und hatte eine sehr profitable Idee. Tanja war jung, hübsch und wirkte anziehend. Sie schien ihm geeignet, sie als seine Ehefrau zu präsentieren, um auf diese Weise das abträgliche Gerede über seine Geschlechtsorientierung zu unterbinden. Der Freundeskreis Gleichgesinnter aus der Politik, der Wirtschaft und der Kunstszene, eine durchaus einflussreiche Seilschaft in der Hansestadt, hatte ihm das in der Vergangenheit auch wiederholt empfohlen.

Als er am dritten Tag von einer Geschäftsreise nach Hamburg zurückkam, konnte er nicht länger warten. Als zugreifender Bursche fürchtete er weder Tod noch Teufel. Er konnte sich nicht gedulden, wollte das Geschäft unter Dach und Fach bringen und machte der Familie Schill zu ungewöhnlicher Abendzeit seine Aufwartung. Klingelte ungestüm an der Haustür der Familie, überreichte der Hausfrau einen Blumenstrauß und erklärte ihr unverblümt:

„Gnädige Frau - mein Gott, welche gehobenen Manieren er hatte - Sie wissen, dass Tanja und ich uns lieben. Wir haben beschlossen, unser zukünftiges Leben gemeinsam zu verbringen. Ich habe vor kurzem in der Elbphilharmonie ein Apartment gekauft mit Blick auf die Elbe und den Containerhafen. Es hat 220 Quadratmeter Wohnfläche, für uns beide Platz genug. Tanja wird die Wohnung einrichten, wenn das erledigt ist, schließen wir die Ehe. Ich bin überzeugt, dass Sie unseren Plänen zustimmen werden."

Jonas Gesicht strahlte, er fand sein Vorgehen überaus gelungen und war von seinem Erfolg überzeugt. Er rechnete insgeheim damit, dass er bei diesem Geschäft eine hohe, aber doch lohnende Investition tätigen müsse.

Mutter Schill überwand schnell ihre Sprachlosigkeit.

„Bitte, setzen Sie sich, darf ich Ihnen ein Glas Wein oder anderes anbieten?"

„Nein, danke. Ich habe eine Flasche Champagner mitgebracht, mit meinem Überfall konnten Sie ja nicht rechnen. Aber wo ist Tanja, unser Glück soll mit Champagner getauft werden."

Frau Schill spürte, dass an der Sache etwas faul war.

„Man soll nichts überhasten. Sagen Sie, junger Mann, was machen Sie beruflich?"

„Ich bin selbstständiger Investmentbanker. Ich habe etliche Renditehäuser, habe eine Yacht und bin sehr betucht, ja, wirklich sehr betucht."
„Und Ihr Alter?"
„Ich bin 38 Jahre alt."
„Und waren noch nie verheiratet?"
„Nein, meine berufliche Tätigkeit gab mir nicht die Zeit dazu."
„Der Beruf hat Sie gehindert zu lieben? Das können Sie mir nicht erzählen."
Sie fixierte Jonas und stellte fragend fest:
„Sie sind schwul?"
Mit dieser Direktheit hatte Jonas nicht gerechnet. Ihm fiel im Moment keine Ausrede ein. Seine Antwort war knapp:
„Ja."
Sie fragte mit ironischem Anflug:
„Hat Sie der Duft der Blüte berauscht und deren Farbenpracht?"
„So könnte man es ausdrücken. Aber ich neige mehr zur Weisheit, dass die Leidenschaft nicht warten kann."
Frau Schill konnte ihre Süffizianz nicht verbergen.
„Ja, Leidenschaft schafft Leiden."

Für ihn überraschend entpuppte sich Frau Schill ungeschminkt als berechnende Geschäftsfrau.
„Die Jugend will die Früchte ernten, noch bevor sie das Bäumchen gepflanzt hat. Nun gut, alles ist käuflich.
Schließen wir einen Vertrag. Sie heiraten meine Tochter. Tanja erhält als Hochzeitsgeschenk die Wohnung in der Elbphilharmonie, ich eine Apanage von monatlich 5000,- Euro und sollten Sie ein Kind zeugen, setzen Sie es als Alleinerben ein und mich bis zum 25. Lebensjahr des Kindes als seine Vermögensverwalterin."

Jonas wägte ab und rechnete durch, welche Summe diese Frau ihn kosten würde. Frau Schill beobachtete ihn mit kalten Augen, im Herzen mit gierigem Biss. Es war die zweite Chance in ihrem Leben, in die höhere Kaste aufzusteigen. Sie bangte, ob er zustimmen würde und wusste, sie brauchte Geld, viel Geld, um glücklich zu werden.
„Nein, Frau Schill, das ist die Sache mir nicht wert. Bedenken Sie, Ihre Tochter ist nicht ohne Vergangenheit trotz ihrer Jugend."
„Und wie viel sind Sie bereit, mir als Ablöse-

summe zu zahlen?"

Jonas wiegte seinen Kopf hin und her, langsam und bedächtig. Er war verärgert über sich, zuvor mit seinem Vermögen so unbedacht geprahlt zu haben.

„Ich denke, 3000 Euro sind als Ablösesumme angemessen."

„Hören Sie, für den Besitz eines jungen Menschen 3000 Euro? Was sind das für Maßstäbe. 4000 Euro monatlich ist mein letztes Wort! Und das lebenslang."

Jonas streckte ihr die Hand entgegen, die sie hastig ergriff.

„Abgemacht, der Vertrag soll gelten und notariell beurkundet werden."

„Abgemacht."

Frau Schill verließ das Zimmer, um Tanja zu holen. Sie überlegte:

„Er ist ein hübscher Mann, groß und stark. Und reich, wohl sehr reich. Er muss viel Geld haben. Es ist ein Traum von Mann mit durchgeistigtem Antlitz, hoher Stirn und klugen Augen. Man merkt, er versteht das Leben. Es ist ein gutes Geschäft."

Bei diesen Gedanken fiel alle Verbitterung von

ihr ab. Sie rief nach Tanja. Ihre Stimme war verändert, frei und locker:
„Tanja, komm schnell, Dein Verlobter ist hier."
„Wer ist da?"
„Dein Verlobter, Jonatan Dampf."
Tanja trippelte eilig die Treppen hinunter. Die Mutter raunte ihr zu:
„Warum hast Du mir nichts von ihm erzählt. Du bist mit ihm verlobt, frage nicht dumm und mach bloß keine Zicken. Es geht um viel Geld."
Tanja betrat voller Neugier das Wohnzimmer. Noch in der Tür legte Jonatan seine Arme um sie, zog sie an sich, überwand sich und küsste sie auf die Wangen, noch bevor sie etwas sagen konnte.
„Liebste, ich hielt es nicht länger aus, von Dir getrennt zu sein. Heute können wir endlich unsere heimliche Verlobung öffentlich machen. Ich habe den Eltern erzählt, dass wir in die Elbphilharmonie ziehen und Du unser Liebesnest nach Deinem Geschmack einrichten wirst. Du hast ja so viele Ideen, ich freue mich auf unser Zuhause."
Tanja zeigte sich der Situation gewachsen und fand sie cool. Sie war sehr sensitiv und emotional labil. Sie erlebte im Wechsel von negativen

Gefühlen wie Angst, Wut, Verstimmung und Einsamkeit ebenso oft Freude, Begeisterung, Ekstase, Hochstimmung und Leidenschaft. Jetzt ging sie auf das Spiel mit Vergnügen ein.

„Liebster, ich bin überrascht, dass Du schon heute kommst. Hatten wir nicht einen anderen Tag bestimmt?"

„Ja, hatten wir. Ich konnte die Geschäfte schneller erledigen und meine Sehnsucht nach Dir konnte ich nicht zähmen. Geduld ist nicht meine Stärke."

Tanja dachte nach, drehte und wendete in Gedanken, was vor drei Tagen im „Baalsaal" sich ereignet hatte. Ein Galan aus dem Internet hatte sie sitzen gelassen, Jonatan und Friedhelm waren erschienen und hatten Platz an ihrem Tisch genommen. Man hatte getrunken, getanzt und sich angeregt und ausgelassen unterhalten. Aber worüber? Jonas hatte sie nach Hause gebracht. Sie hatte sich den üblichen Abschluss gewünscht. Wie war es dazu gekommen? Hatte sie sich verliebt, hatte er sie übertölpelt, hatten sie sich einander versprochen? Hatte sie zu viel Alkohol getrunken? Obwohl in sich versunken und bemüht, die Erinnerung an das Geschehen des fraglichen Abends aufzufrischen, verfolgte sie hellwach, was sich vor ihren Augen abspielte und erlebte dabei zum ersten Male staunend eine aufgeweckte, gesprächige und fröhliche Mutter. Der untersetzte und dickliche Vater kam aus seinem Keller. Er schwankte ins Zimmer, schenkte sich mit stumpfen Ausdruck eifrig Champagner ein, enthielt sich jeder Stellungnahme und empfand das ganze Getue als reichlich übertrieben.

Tanja entschloss sich innerlich, die versprochene Braut zu sein und machte, wie es sich gehört, dem Bräutigam verliebte Augen. Sie, die nie durch Liebe und Geliebtwerden bestätigt worden war, die deshalb nach liebender Zuwendung gierte, genoss ihre Rolle. Ein Prinz hatte sie erkoren, das Schicksal hatte sie auserwählt.

Der Tag endete mit einvernehmlicher Herzlichkeit. Für Tanja begann ein neuer Lebensabschnitt. Sie gab ihre Ausbildung auf, zog mit Jonas in die neue Wohnung ein und ließ sie von einem Raumdesigner modern möblieren. Jonas war zu ihr liebevoll und entpuppte sich als Goldesel. Er raffte mühelos und spielerisch mit

Geschäften, von denen sie nichts verstand, Millionen zusammen und es bedurfte nur eines Sprüchleins, da warf er ihr nach Wunsch und Bedarf Golddukaten in den Schoß. Die Hochzeit war prunkvoll. National und international bekannte und anerkannte Größen der Gesellschaft gaben sich die Ehre, die bunten Blätter berichteten ausführlich darüber. Der Leitspruch dieser Ehe aus dem Korintherbrief des Paulus, den sich beide ausgewählt hatten, erhielt viel Aufmerksamkeit und wurde in der Presse ausführlich kommentiert. „Die Liebe verträgt alles, sie glaubt alles, sie hofft alles und duldet alles."
Für Frau Schill war die Zeit der Klagen vorüber und die Zeit der Freuden brach nach der Hochzeit ihrer Tochter auch für sie an. Ihr Schwiegersohn hatte ihr die verbotene Tür zu den Dingen aufgeschlossen, die sie am meisten begehrte, er hatte ihr Schicksalsbuch umgeschrieben.
Sie verteilte gönnerhaft kleine Geschenke an Freunde und Bekannte, lachte viel, wurde selbstbewusst, übernahm den Vorsitz in der Frauenvereinigung, erfuhr von allen Seiten Ehrerbietung. Sie kredenzte täglich ihrem Manne Wein und war ihm zugetan. Ja, sie spiegelte den

Glanz des Goldes wider und empfing monatlich, wie sie meinte, das durch ihre Klugheit und Tatkraft wohlverdiente Himmelsgeschenk. Den meisten Menschen genügt wenig Lust, um das Leben gut zu finden. Nicht bei ihr. Sie liebte Gold und Brillanten über alles und bekrönte sich damit, wohl, um von ihrer menschlichen Natur abzulenken. Sie kostete alle Lüste der Sinne aus, unternahm große Reisen, ging opulent essen und ließ sich von Herren hofieren und verführen. So fühlte ihr kaltes Herz noch in späten Jahren beim Sex den Nachhall von Liebe. Für mich wurde sie der Beweis dafür, wie Geld uns Menschen verändern und zugleich befrieden kann.

Ich wurde zur Hochzeit nicht eingeladen, passte wohl nicht in die auserlesene Gesellschaft. Ich erfuhr von diesem Ereignis aus der Tagespresse. Tanja wuchs beglückt und frohgemut in ihre neue Rolle.

Standesgemäß kleidete sie sich nach neuester Mode, schmückte sich mit kostbarem Schmuck, posierte selbstverliebt auf Empfängen, Kunstveranstaltungen und Vernissagen. Ihr Glück war jedoch nur von kurzer Dauer. Luxus macht nicht glücklich.

Als Manager eines Investmentfonds reiste Jonas nach Ablauf der Flitterwochen oft in die Geldzentren der Welt. Er war dann tagelang von Tanja getrennt, schickte ihr aber Emails, in denen er mit romantischen Versen und anhimmelnden Worten beteuerte, wie nah er sich ihr fühle. Nach einem Jahr ungetrübter Zufriedenheit entdeckte Tanja, dass Jonas in jeder Stadt, in der er länger verweilte, einen Geliebten hatte. Sie schwieg, verbarg ihr Wissen vor ihm und war nach Außen seine treusorgende, liebevolle Ehefrau. Aber sie litt. Jung und vital drängte sich das sinnliche Begehren ihres gesunden Körpers leidenschaftlich in den Vordergrund. Mit Bildern aus ihrer Vergangenheit und Selbstbefriedigung suchte sie vergeblich, ihren Hunger auf Sex zu stillen. Ihre Bewunderung zu Jonas erkaltete und schlug um in zeitweilige Aversion. Sie wusste von seiner Andersartigkeit und tröstete sich damit, einen Lebensstil in Luxus führen zu können. Es war ein schwacher Trost. Gleichwohl empfand sie sein Verhalten ihr gegenüber als ehrlos, respektlos, verlogen und verdorben. Sie hatte sich den Leitspruch ihrer Ehe anders vorgestellt. Ihr eigenes Doppelspiel und das ihres Mannes widerte sie an. Sie wagte aber nicht, ihre Not einem Menschen anzuvertrauen. Wem auch. Eines Tages erinnerte sie sich an die Erstbegegnung mit Jonatan und mir und beschloss, mich aufzusuchen. Nur so, vielleicht, um etwas mehr aus dem Leben von Jonas zu erfahren.

An einem Montag, Jonas war auf Geschäftsreise, kam sie nach Wohldorf in meine Praxis.

Sie nahm sich Zeit und betrat als letzte Patientin meinen Behandlungsraum. Ich erkannte sie sofort. Sie plauderte scheinbar unbefangen daher. Sie habe in Wohldorf etwas erledigt und sich meiner erinnert.

„Und da dachte ich, ich muss doch sehen, wie es dem Frieder ergeht. Wie das Leben so spielt, Jonas und ich leben zusammen. An diesem Abend auf der Reeperbahn im Baalsaal hat es zwischen uns gefunkt. Es war wohl Schicksal oder war es Vorsehung? Ich weiß es nicht. Sicher ist, mit diesem Abend wurde für mich ein neues Kapitel im Buch des Lebens aufgeschlagen. Irgendwie bist ja auch Du daran beteiligt."

Ich hörte ihr aufmerksam zu, sah ihr verzagtes Lächeln und wusste, dass sie Hilfe suchte. Aber ich schwieg. Sie erkundigte sich, was sich in

meinem Leben im vergangenen Jahr ereignet habe. Zögernd gab ich ihr Auskunft:
„Mein Vater war immer ein starker, gesunder und aktiver Mann. Er war den Traditionen seiner bäuerlichen Herkunft verhaftet und im Glauben unerschütterlich fest. Ich schaute zu ihm auf, wollte werden wie er und liebte ihn mehr als meine Mutter. Dann erkrankte meine Mutter an Krebs und wurde in kurzer Zeit bettlägerig. Ihre Haut zerknitterte und verfärbte sich bläulich-weiß. Ihr Atem wurde gepresst und schwer, sie bekam Absencen und veränderte sich psychisch. Wir mussten mit ansehen, wie sie elendiglich dem Ende zuging und kein Mensch, kein Arzt konnte ihr helfen. Mein Vater konnte und wollte nicht glauben, dass seine Frau sterben könnte. Er hoffte auf ihre Genesung. Er konsultierte die bekanntesten Spezialisten, nahm deren infauste Diagnose aber nicht an und hielt sie für falsch. Er bestand auf meiner Meinung, sagte immer wieder, du bist Arzt, tu was, ich bitte dich, tu was. Er rief mich in der Praxis fast stündlich verzweifelt an und bat, hilf deiner Mutter. Er konnte die Wahrheit nicht begreifen und ich belog ihn. Ich versicherte ihm, es wird, es wird und wusste

doch, es ist eine Lüge. Er wurde in wenigen Wochen ein alter und gebrechlicher Mann, kraftlos mit verschatteten Augen, irrlichternden Blick, der kaum etwas aß, in sich zusammenfiel und das Krankenbett von Mutter weder tags noch nachts verließ. Er magerte dramatisch ab und verstarb einen Tag vor dem Tode meiner Mutter. Er wollte wohl mit ihr sterben. Ich habe beide am selben Tag begraben. Es war genau vor vier Wochen."

Ich konnte nicht weiter sprechen, meine Augen waren getrübt von Tränen. Tanja fühlte meine Trauer.

„Deine Eltern haben sich geliebt?"

„Ja, sie waren eins und sind es noch jetzt."

„Wie erträgst Du diesen Schicksalsschlag?"

Ich wich ihr aus.

„Die Liebe schenkt uns Harmonie und inneren Frieden, der Glaube schenkt uns Trost und Hoffnung. Liebe und Glaube sind die Säulen unseres Lebens. Das Glück ist sterblich."

Tanja stand auf. Sie war gerührt und brachte nur mühselig hervor:

„Ich muss gehen, man wartet auf mich. Ich danke Dir."

„Besuche mich wieder, wenn Du in der Nähe bist. Dann aber in meiner Wohnung und nicht in der Praxis."

Tanja fuhr gedankenverloren nach Hause. Das Gespräch hatte sie innerlich aufgewühlt und sie wusste nicht, welches Thema ihr innerlich so nahe ging. Treue, Liebe, Einssein, Sterben?

Zwei Tage später überraschte sie mich in meiner Wohnung beim Abendbrot. Ich saß in der Küche, hatte mir ein Brot geschmiert und mit Salami belegt. Ich war keineswegs über ihren erneuten Besuch verwundert. Begrüßte sie herzlich und bat sie, sich zu mir zu setzen. Ihr schmales Gesicht mit dem verschämt-schalkhaften Ausdruck, ihre treublickenden Augen, ihr schelmisches Lächeln erweckten bei mir den Anschein von Unschuld. Sie trug ein mit Blumen gemustertes Kleid, das ihren schlanken Leib betonte, den Ansatz eines schönen Busens sehen ließ und in weichen Falten bis zu den Knien nieder floss.

Mit einem Blick erfasste sie meine Situation. Benutztes Geschirr türmte sich in der Spüle, Weinflaschen waren nicht entsorgt, der Abfalleimer war übervoll. Wie selbstverständlich begann sie aufzuräumen. Stellte das Geschirr in

die Spülmaschine, entsorgte den Abfall, reinigte Tisch und Arbeitsplatte, legte eine Tischdecke auf, servierte Brot, Butter, Aufschnitt und Wein für zwei Personen. Sie bewegte sich sicher und orientiert in meiner Wohnung, als ob sie hier zu Hause wäre. Ich beobachtete ihr vertrauliches Treiben, ohne etwas zu sagen und protestierte auch nicht, als sie mir mein Brot fortnahm, um Ordnung zu schaffen. Am Ende der Prozedur saßen wir beide am Tisch, aßen, tranken Wein, lachten und vergaßen die Zeit. Tanja verglich ihr Wohlbefinden mit einer früheren Erfahrung:
„Frieder, ich fühle mich so frei und unbeschwert wie bei unserer ersten Begegnung."
Ich antwortete ernst und mahnend:
„Ja, das trifft unseren Zeitgeschmack. Das war damals. Leichte Unterhaltung, seichte Gefühle, gutes Essen. Bloß keine geistige Vertiefung, keine emotionale Verinnerlichung, keine seelische Nähe. Wie schnell geraten wir auf abwegige Pfade, wenn wir eine Seite unserer Existenz vernachlässigen oder gar verdrängen."
„Ach Frieder, Deine Worte, Deine Sprache, der Inhalt des Gesagten sind bei Dir so oft nicht zu verstehen. Was willst Du mir sagen?"

Ich wurde sehr direkt.

„Wir sind Freunde. Erzähle mir unbefangen und frei heraus, was Dich bedrückt!"

Die Aufforderung von mir schien auf Tanja wie eine kalte Dusche zu wirken. Ihr Herz zog sich zusammen, ein Schauer erfasste sie, sie erblasste und der Schreck machte sie für Momente sprachlos. Dann aber stürzten die Sätze, ohne Absatz und hastig hingeworfen , ohne Pause aus ihr:

„Ich will Dich nicht belasten, ich will kein Mitleid von Dir. Nur zu Dir habe ich..."

Sie hielt im Satz inne und erklärte sich dann weit ausholend.

„Ich glaubte ehrlich, dass er mich liebt. Aber er kränkt und beleidigt mich. Ich verstehe nicht, wie mir das geschehen konnte. Ich war doch nicht zudringlich, habe mich nicht wie ein Strichmädchen benommen. Oder doch? Noch in der Nacht habe ich mich vergessen, er hat so viel versprochen. Und wenig später war er auf einmal da und hat mich mitgenommen. Ich habe ihn geliebt, ohne zu wissen, was Liebe ist. Und ich war überzeugt, dass ich seine unverbrüchliche Liebe bin und meine Liebe stärker ist als seine verdammte Perversion. Warum hat er mich verraten, warum? Friedhelm, Du kennst ihn, sage es mir. Bin ich ein Mensch, vor dem man flüchtet, wie mein Vater vor meiner Mutter?"

Tanja weinte, ich gab ihr Zeit, sich zu fangen.

„Nun, Tanja, kein Mensch kann nachvollziehen, warum ein Mann und eine Frau die Ehe schließen. Ist es das Geld, die Karriere, die Konvention? Ist es die Schönheit, die Klugheit, die Ausgewogenheit des Partners? Sind es die Triebe, die Erwartungen oder die Fiktionen an die Liebe? Östliche Kulturen sind überzeugt, dass Sex das Leben verlängert. Wir glauben, dass die Vereinigung von Mann und Frau über den Augenblick hinaus glücklich macht und sich in der Lebensfreude der Kinder sich verewigt. Wie erklärst Du Dir Deine Bereitschaft, mit Jonas hoppla hopp eine Bindung einzugehen?"

„Ich glaube, ich bin unerwünschtes Kind meiner Eltern. Gut versorgt aufgewachsen, aber ohne Liebe. Für Vater war ich Luft, ich hatte oft den Eindruck, dass er mich gar nicht wahrnimmt. Für Mutter war ich nur eine Last, ein Etwas, was sie in eine ungewollte Ehe gezwungen hatte, ihr Pflichten und Ungemach aufbürdete und ihren

sozialen Aufstieg verhinderte. Sie nahm mich nie in die Arme, küsste und liebkoste mich nie, hatte aber stets an mir etwas auszusetzen und zu bemängeln. Wenn ich den liebevollen Umgang fremder Eltern mit ihren Kindern sah, wurde ich neidisch. Als Ungeliebte wollte ich lieben und geliebt werden. Abgeschnitten von Wurzel und Stamm, wie konnte ich da meine Liebesfähigkeit anders entwickeln? Schon mit fünfzehn Jahren wurde ich sexuell aktiv, ließ mich oft und immer öfter von Bekannten und Unbekannten befriedigen, genoss die Lust der Erregung und die noch größere Lust des Orgasmus, um danach wieder in das lieblose Dunkel meiner Existenz zu taumeln. Es war ein Weg ohne Ausweg. Und dann kam Jonatan und mit ihm Hoffnung und Zuversicht. Ich war ihm treu, aber er würfelt falsch und die Geier unserer Lebenslüge fressen meine Seele auf. Das habe ich inzwischen begriffen.
Er spart nicht mit Liebesbeteuerungen, aber das Substantielle, das Verbindende einer Verbindung von Mann und Frau fehlen. Ich durchschaue ihn. Ich bin für ihn ein Geschäft. Er ist ein schlechter Mensch und doch lieb und überwältigend in seiner Art."

Tanja lehnte sich im Sessel zurück und schien erschöpft. Aber selbst tröstende und befreiende Worte sättigen eben so wenig die Seele, wie Wind und Wasser den Leib des Hungrigen. Meine abwartende Haltung und meine ihr spürbare Zugeneigtheit ermutigten sie fortzufahren:
„Ich weiß, Frieder, welche Ratschläge Du mir geben wirst. Ich soll nicht fühlen, was ich fühle; ich soll nicht lieben, wie ich liebe; ich soll verzichten, worauf ich nicht verzichten kann. Du wirst deinen Weg finden, sei tapfer. Alles nur dumme Ratschläge. Ahnst Du, welche Kämpfe ich bestreite? Ich ringe täglich mit mir, will meine Gier zurückhalten, aber sie überfällt mich stündlich. Ich gehe mit meinem Körper unzüchtig um, flehe zu Gott, dass er mir helfe und schäme mich vor ihm, dem Allwissenden. Frieder, sei nicht grausam zu mir, verstoße mich nicht, verachte mich nicht. Liebe mich, es wird Dir nicht schwer fallen, gönne mir dieses kleine Glück. Nur eine Nacht. Wenn Jonas zurückkommt, werden wir vergessen, was geschehen ist."
Sie drängte sich an mich. Ich konnte meine Augen nicht von ihren fordernden Augen, ihrem

wollüstig, halb geöffneten Mund, dem offenen Dekolletee abwenden. Sie war nicht mehr eine hilflose, sondern eine verführerische Frau. Es überkam mich ein unbändiges Verlangen, elementar und unwiderstehlich. Ich spürte meinen Körper sich lustvoll entfalten und wie das Begehren meine Vernunft mit sich fortriss. Tanja beugte sich zu mir, streichelte meine Hände, ergriff meinen Kopf und zog ihn zu sich. Sie presste ihre Lippen heiß und gierig auf die meinen, ihre Hände wanderten unter meine Kleidung und reizten mich. Ich wehrte mich nicht, stieß sie nicht fort. Das sinnliche Verlangen überwältigte mich. Sie wälzte sich auf meinen entblößten Schoß und schrie ihre Lust ungehemmt in die Welt. Nach dem Akt kuschelte sie sich an mich, schlief in der Nacht bei mir und verließ mich am nächsten Tag nach dem Frühstück trällernd und gut gelaunt. Ich machte mir Vorwürfe. Wie konntest du dich vergessen, konntest so selbstbezogen sein. Ich habe gehandelt wie ein Sturzbach, ohne Überlegung und ohne Sinn und eine bestehende Beziehung unnötig gefährdet. Ich habe meine Prinzipien verraten, ich bin ein Schwächling. Mir wurde zum Erbrechen schlecht. Dann wiederum rechtfertigte ich mich vor mir selbst, denn das Herz ist schnell dabei, sich selbst zu betrügen. Sie hat mich verführt, nein, sie ist hilflos, sie braucht mich. Ich kenne den Jonas, er ist gewissenlos und missbraucht sie, behandelt sie wie eine Haremsdame. Aber darf man aus Mitgefühl auf diese Weise trösten, beistehen, ermutigen? Ist das ärztliches Handeln? Nein, ich habe ihre inneren Konflikte weiter geschürt und ihr Leiden verstärkt. Sie hat auf Freundschaft und Ergebenheit vertraut und ich habe ihre verzweifelte Lage ausgenutzt.

Ich muss klare Verhältnisse schaffen.

Ich ertrug nur schwer meinen Schwebezustand, wurde nervös und unruhig. Ich hatte die verbotene Kammer des unverhofften Glücks betreten, dachte an sie, träumte von ihr, blieb ihr in Gedanken verhaftet. Ich verwünschte mich, dass ich sie wider Willen liebe, fühlte mich schuldig ohne Schuld und verharrte über Tage in der Trostlosigkeit solcher Gewissensmarter. Dann raffte ich mich auf. Ich zog Erkundigungen ein und als ich erfuhr, dass Jonas wieder im Lande war, verabredete ich ein Treffen mit ihm in

seiner Wohnung in der Elbphilharmonie. Die erlesene, prunkhafte Ausstattung der Wohnung erschlug mich und schüchterte mich ein. Jonas hatte in letzter Zeit mit seinen Spekulationen viel Geld gewonnen und war guter Laune. Nach der Begrüßung kam ich sofort zur Sache:
„Tanja war in Deiner Abwesenheit bei mir. Zweimal. Sie hat sich mir anvertraut. Sie weiß von Deinen Seitensprüngen und leidet darunter. Sie verkraftet Dein Verhalten nicht, Du hast sie in eine schwere seelische Krise gestürzt. Wir sind uns sehr nahe gekommen, wir haben miteinander geschlafen. Es war mein Fehler, ich bereue ihn sehr. Ich werde mich in Zukunft mich von ihr fernhalten. Das wollte ich Dir sagen. Verzeihe mir."

Die Reaktion von Jonas irritierte mich.
„Ja und? Ist sie nicht temperamentvoll? Welche Probleme hast Du mit dieser Alltäglichkeit? So ist es nun einmal. Zwei ältere Männer lieben ein jüngeres Mädchen und ein junges Mädchen liebt zwei ältere Männer. Sie schwärmt von mir und bewundert mich, sie schwärmt von Dir und bewundert Dich auch. Hat sie etwa einen Pakt mit

dem Teufel geschlossen? Nein, sie ist jung. Sie pendelt zwischen den Polen gut und gut und kann sich nicht entscheiden. Du gibst ihr mehr, als ich ihr geben kann und ich gebe ihr, was Du ihr nicht geben kannst. Wir beide fühlen uns bestätigt und keiner von uns hat die Kraft, den Knoten dieses Konflikts zu durchhauen. Wir können uns halt nicht von unseren existentiellen Gegebenheiten befreien. Lassen wir es dabei."

„Aber Jonas, ist Tanja nicht einmalig für Dich, liebst Du sie nicht?"

„ Höre, mein lieber Freund. Was ist schon Liebe? Wenn der Rüde die Hündin bespringt, glaubt er auch, dass er sie liebt. Ich bin Materialist. Und das heißt, dass sich alles aus seiner stofflichen Beschaffenheit selbst erklärt. Auch die Liebe.

Wir leben nur einmal und sollten das Leben für Vergnügen und Spaß nutzen. Das ist der Sinn unseres Daseins. Genieße den Tag, das Ende kommt bestimmt. So ist nun einmal das Leben."

„Wie stehst Du zu Tanja?"

„Ich liebe sie durchaus. Nicht mit sinnlichem Feuer und nicht mit der üblichen Glut und auch nicht mit Treue im herkömmlichen Sinn. Ich bin sozusagen ein Ladykiller, ein Frauenhasser, aber ein Menschenfreund. Ich biete ihr sorgenfreien Wohlstand. Ich werde ihr immer die soziale Treue halten. Sie wird immer materiell abgesichert sein, sie wird bei mir ihre Freiheit nicht verlieren. Kann sie mehr verlangen? Der Gesellschaft diene ich, weil mein Geld Wachstum und Fortschritt generiert. Ich treibe die gesellschaftliche Entwicklung voran und reibe mich für das allgemeine Wohlergehen auf. Ist das verwerflich? Nein, es ist sozial. Tanja denkt ichbezogen und ist triebhaft. Typisch Frau. Ihr geistiger Horizont reicht nicht über menschliche Beziehungsfragen hinaus. Sie fragt mich immer wieder, liebst du mich wirklich. Dann sage ich ja, ja und ich dachte bisher, das genügt ihr."

„Es genügt nicht. Wir Menschen sind existentiell von Hoffnungen und Wünschen beseelt. Sie wollen erfüllt werden. Hast Du sie bei Tanja etwa erfüllt. Wie stellst Du Dir die weitere Zukunft mit ihr vor?"

„Ganz einfach. Wenn ich geschäftlich unterwegs bin, lebt sie bei Dir. Wenn ich in Hamburg bin, lebt sie bei mir. Ich denke, mehr als zwei Männer braucht sie nicht. Jedem das Seine. Du befriedigst ihre leiblichen und seelischen Bedürfnisse, ich ihre materiellen. Du verkörperst für sie den menschlichen und ich den sachlichen Aspekt. Jeder von uns hat davon Vorteile, Tanja ist die Kette, die uns aneinander fesselt."

Ich schwieg betreten und konnte nicht unterscheiden, ob Jonas aus Überzeugung oder Zynismus so argumentierte. Und war insgeheim mit diesem Vorschlag einverstanden. Er kam meinem Egoismus sehr entgegen. Wir kehrten in eine Kneipe ein, tranken Bier und unterhielten uns über belanglose Dinge. Wir mieden eine weitere Aussprache und schlossen die Augen vor zukünftig denkbaren Konflikten. Die Angelegenheit mit Tanja betrachteten wir stillschweigend als bereinigt.

Ich fuhr am späten Abend in das Haus zurück, in dem ich nach dem Tode meiner Eltern allein wohnte und empfand mein Alleinsein als besonders schmerzlich. Ich ging wie bisher meiner Tätigkeit als Arzt pflichtbewusst nach, in meinem Inneren grummelte es. Eine undefinierbare Spannung hatte mich erfasst. Ich wartete und wartete, wusste nicht worauf. Die Zeit schien sich unendlich zu dehnen. Ich wünschte mir den kommenden Tag herbei und scheute mit allerlei

Ausflüchten mir einzugestehen, dass ich Tanja ersehnte. Aber sie kam. Zwar in unregelmäßigen Abständen, aber sie kam zuverlässig. Ich empfing sie jedes Mal mit stürmischer Umarmung, zog sie an mich und verlor mich mit ihr im Meer der Liebe. Sie blieb einige Tage, zuweilen auch zwei Wochen. Wir schlummerten allnächtlich eng umschlungen, erfreuten uns unserer glühenden Leiber und waren glücklich. Tanja blühte auf zu einer unsagbar schönen Frau, ich reifte zu einem ausgeglichenen Mann. Die zeitweilige Trennung schadete keinem, steigerte nur die Vorfreude auf das versprochene Wiedersehen.

IV

Die Gedanken an Jonas jagten mich ständig, obwohl ich mir befahl, nicht an den Nebenbuhler zu denken. Es waren Schuldgefühle. Aber wie es anstellen, nicht an ihn zu denken? In meinen Wach- und Schlafträumen tauchten immer wieder Vorstellungen auf, wie er tödlich verunglückt oder heimtückisch ermordet wird. Sie umflatterten gespenstisch meine Fantasien und brannten sich glühend in mein Gehirn. Ich erschrak über mich selbst. Wünschte ich seinen Tod herbei? Nicht bewusst, aber verdrängt ins Unbewusste? Nein, niemals, er ist mein bester Freund. Ich darf nicht so denken, denn wer böse denkt, spricht böse und wer böse spricht, handelt auch böse. Nur die Gefahren, die mit seinem flatterhaften Leben verbunden waren, die machten mir Sorgen. Ja, das war es. Er ist kein Rivale, kein Nebenbuhler, er ist mein Sorgenkind.

Gelöst, heiter und frohgemut teilte Tanja mir eines Tages mit, dass sie im vierten Monat schwanger sei und ein Mädchen zur Welt bringen werde. Es stand nicht in Frage, wer der biologische Vater ist. Ich begrüßte die Nachricht überschäumend vergnügt, Fortuna war mir wohlwollend gesinnt. Jonas reagierte dagegen frustriert und ungehalten.
„Tanja, musste das sein? Von einem Kind war nie die Rede, ich fühle mich hintergangen."
Tanja sah es locker.
„Das ändert doch nichts an unserer Beziehung.

Das Kind hat zwei Väter, was ist daran problematisch?"

Er hielt ihr vor:

„Willst Du die Welt der Sorglosigkeit aufgeben? Den Spaß und das Vergnügen eintauschen gegen Sorgen, Lasten und Mühen? Das bist nicht Du, das sprengt meine Vorstellungskraft. Komm, wir lassen es abtreiben."

„Bevor das geschieht, verlasse ich Dich."

Jonas steckte zurück.

„Gut, ich will hören, wie Frieder darüber denkt."

Er rief mich an und wir verabredeten, uns im Restaurant „Zum Elbdeich" zu treffen. Es war ein milder Spätnachmittag. Die Sonne senkte sich der Erde zu und eine leichte Brise wehte vom Westen her. Wir entschlossen uns, auf dem Deich spazieren zu gehen. Nach unverfänglichem Geplauder fiel Jonas mit der Tür ins Haus.

„Frieder, um es mit aller Deutlichkeit zu sagen, ich weiß, dass Du der biologische Vater des Kindes bist. Aber ich bin der Ehemann von Tanja. Ich bin rechtlich gesehen noch immer der Vater des Kindes aus unserer Ehe. Ich will nicht das Kind. Ein unersättlicher Schreihals, der unser geordnetes Leben durcheinander bringt.

Schrecklich. Wir müssen Tanja überzeugen, dass sie einer Abtreibung zustimmt."

„Das können wir nicht bestimmen und auch nicht empfehlen. Bedenke, es ist Leben, es ist ein werdender Mensch."

„Nein, es ist noch ein unfertiger Zellhaufen, der in Deutschland in neunundneunzigtausend Fällen jährlich entsorgt wird. Das verträgt sich durchaus mit unserem viel beschworenen christlich-humanen Wertekodex, wie der Bundestag bestätigt hat. Du brauchst Dir also keine Gewissensbisse zu machen."

„Weißt Du wirklich, was Du abtöten willst? Welche zukünftige Freude, welche zukünftige Kompetenz, welche zukünftige Spiritualität? Sollten wir nicht besser Tanja liebevoll begleiten und dem Kind eine sichere Heimstatt vorbereiten?"

„Ach, Du Selbstgerechter und Satter, nimm Dich ihrer an, das wird Dir gut tun und Dich in den Himmel heben. Bist Du der barmherzige Samariter, der sich der Ausgeraubten, der Misshandelten, der Hilflosen erbarmt? Willst Du immer der Bruder Deines Nächsten sein? Kennst Du nicht die andere Wahrheit aus Tausend und eine

Nacht? Es pilgerte ein großherziger Mensch mit einem tugendhaften Charakter zur Stadt. Da saß am Wegesrand ein gelähmter Greis und bat, ihn in die Stadt zu tragen. Aus Mitleid hob der junge Mann den Krüppel auf seine Schultern. Der Krüppel aber strangulierte ihn mit den Beinen um seinen Hals. Dem Guten gelang es nicht, ihn abzuschütteln. Er wurde von ihm beschmutzt, musste den Krüppel nähren und kleiden und alle seine Forderungen und Wünsche über die Zeit unbarmherzig und mitleidlos erfüllen. Es war Djinn, der böse Geist, der ihn mit Wimmern und Wehklagen getäuscht und beschwatzt hatte. So wurde der Gute und Einfältige aus Mitgefühl zum Sklaven. Ich will mich nicht aus der Schwäche, ein guter Mensch zu sein, zum Sklaven machen lassen."

„Gut. Und wenn sie nicht Deinem Ratschlag folgt?"

„Dann werde ich sie in den Bauch treten, bis sie das Kind verliert."

Bei diesen Worten hörte ich im Geiste den gellenden Schrei von Tanja, sah ihre Verzweiflung und wurde mir in Sekundenschnell bewusst, wozu dieser Mensch fähig ist. Ich

schlug zweimal mit aller Kraft auf Jonas ein. Der taumelte, verlor sein Gleichgewicht, glitt aus und fiel in die Elbe. Er prustete, spie Wasser aus und schwamm mit kräftigen Zügen davon. Noch während ich mit Schrecken ihm nachschaute, wie er sich mit dem Strom entfernte, schrie er mir zu: „Du bist und bleibst ein unverbesserlicher Esel."
Ich hastete nach Hause, rief Tanja an und forderte sie auf, sofort zu mir zu kommen. Sie fragte nicht nach dem Grund. Ich wartete ungeduldig und nervös auf ihr Erscheinen und schilderte ihr den Vorfall. Sie schien über meine Besorgnis eher amüsiert zu sein.
„Friedel, reg Dich ab. Jonas würde mich nie körperlich misshandeln. Er ist feige. Aber es ist gut so, wie es gekommen ist. Ich bleibe für immer bei Dir, wir sind ja bald eine kleine Familie."
Die endgültige Entscheidung war gefallen, das Glück hielt Einzug in meinem Haus.

V

Jonas ließ in den folgenden Tagen entgegen seiner Gewohnheit nichts von sich hören. Er

schien wie vom Erdboden verschwunden. Nach einer Woche ließ sich Frau Schill bei Tanja blicken. Ihr Gesichtsausdruck war verbiestert. Sie forschte ohne Umschweife Tanja aus.
„Warum bist Du nicht bei Deinem Ehemann?"
„Wir haben uns gestritten. Er will kein Kind von mir."
„Das ist kein Grund, sich bei diesem Quacksalber hier zu verkriechen."
„Doch, wir gehören zusammen. Er ist der Vater meines Kindes. Und wir lieben uns."
„Dummes Gerede, Du gehörst zu Jonas. Sprich mit ihm vernünftig, er wird seine Meinung ändern."
„Wir haben seit über eine Woche keinen Kontakt mehr miteinander."
„Was ist passiert?"
„Jonas und Frieder haben sich geschlagen. An der Elbe. Und Jonas ist in die Elbe gefallen."
„Schön. Und Du hast die Partei von Frieder ergriffen?"
„Ja."
„Und warum?"
„Er freut sich auf das Kind, es ist seine Tochter. Wir lieben uns."

„Nach dem Gesetz ist Jonas der Vater."
„Mutter, er könnte auch der Vater des Kindes sein. Aber er ist es nicht. Er hat mich in der Zeit unserer Ehe nicht einmal berührt. Er ist schwul."
Frau Schill wurde schreckensbleich und rang nach Worten.
„Du willst sagen, Du erträgst ihn nicht? Du bist vorein-genommen. Ich habe es immer gewusst, Du bist verderbt. Hast Vorurteile.
Du hast in dieser Zeit mit diesem ... geschlafen?"
„Ja und wir Drei waren glücklich. Eben bis jetzt. Du hast doch die Komödie selbst eingestielt!"
„Oh Gott, welches Ende soll das nehmen? Versöhne Dich mit Jonas, verzichte auf das Kind. Du bist jung und kannst noch viele Kinder kriegen. Er ist reich und ermöglicht Dir ein Leben in Wohlstand und Ansehen, das ich mir immer für Dich gewünscht habe. Was willst Du noch mehr?"
„Geld wiegt niemals ein Kind auf. Ich will einem Menschen das Leben schenken, für ihn sorgen und mit ihm glücklich sein."
„Er wird Dich verstoßen, dann bist Du allein mit diesem Bastard, eine Alleinerziehende, angewiesen auf die Sozialhilfe und im Alter darbst Du

Dein Leben in Armut. Willst Du das wirklich?"
„Ja Mutter, ich will. Vergiss nicht, ich werde zum ersten Male in meinem Leben geliebt und liebe selbst zum ersten Male. Vergiss nicht, er ist Arzt und hat ein gutes Einkommen."
Da drehte sich Mutter Schill um und verließ kopf-schüttelnd das Haus. Aber sie gab nicht auf. Als man nach drei weiteren Wochen nichts vom Verbleib von Jonatan erfuhr, sprach sie beim Kriminalkommissariat vor und stellte Strafantrag gegen mich. Ich hätte Jonatan bei einer Auseinandersetzung in die Elbe gestoßen und ertrinken lassen. Motiv sei Eifersucht gewesen.
Der zuständige Kommissar Trauer war ein bedächtiger und abwägender Mann. Er lud mich zur Anhörung in sein Büro vor, schilderte mir die gehässigen Vorwürfe der Frau Schill und legte mir in einem langen Monolog seine Gedanken dazu dar. Mir schien, als spräche er mit sich selbst und nicht zu mir.
„Was verbindet diese drei Menschen miteinander? Warum kommen sie nicht voneinander los? Ist es die Liebe? Die Liebe kommt nicht aus dieser oder jener Gegend, sie kommt von weiter her, als der Mensch es selber weiß. Sie entstammt

einem unendlichen Raum, in dem Körper und Seele stets aufs neue geboren werden. Wenn sich Sein mit Sein verbinden, spürt der Mensch das Unendliche und Ewige, ohne das er glaubt, nicht mehr leben zu können. Man nennt es Liebe. Wird diese Verbindung zerschnitten, scheint ihm der Quell des Lebens auf ewig versiegt, der Mensch bäumt sich in Verzweiflung auf, beleidigt, schlägt, tötet. Die Verlierer wollen Rache für ihren Verlust. Sie argumentieren mit ihrem Recht und fordern Gerechtigkeit ein. Sie verstehen nicht, dass es zwar menschliches Recht gibt, die Gerechtigkeit an sich aber nicht greifbar ist. Sie ist übermenschlich. Die Welt liebt weder die Gerechtigkeit noch duldet sie sie. Sie hat sie aus ihren Gerichtssälen verbannt. Für ihn war sein Glaube Trost, dass erst am Jüngsten Tag beim letzten Gericht göttliche Gerechtigkeit herrschen wird und die Taten der Frevler offenbar werden. Die Herrschenden bestimmen, was Recht oder Unrecht ist. Für sie ist Recht immer unmittelbar und konkret, misst sich an sozialen, sich ständig wandelnden Normen und bestimmt, was als richtig oder falsch, als angemessen oder unangemessen zu bewerten sei. Der jeweilige

Zeitgeist bestimmt dabei den rechtlichen Algorithmus: Auge um Auge oder strenge Sühne oder humane Resozialisierung. Nur ein Narr oder Scharlatan überhöht das Unmittelbare und Gegenständliche durch das Abstrakte, faselt von Gerechtigkeit, ohne sich dabei der menschlichen Beschränktheit bewusst zu sein."
Der Kommissar schaute mich an, doch sein Blick verlor sich in weiter Ferne.
„Ich kenne aus eigener Erfahrung das Problem, Schuld in gebotene oder, landläufig ausgedrückt, gerechte Strafe abwägen zu müssen. Vor zwei Tagen hatte ein brutales Verbrechen seinen Abschluss gefunden. Zwei Jahre lang habe ich nach den Tätern gesucht und habe sie dann endlich ermitteln können. In der Sache ging es um einen Tischlermeister und seine Ehefrau. Der selbstständige Meister hatte sich mit vierundsiebzig Jahren zur Ruhe gesetzt und seinem Sohn den Betrieb übergeben.
Es wurde gemunkelt, er sei geizig und bewahre in seinem Haustresor eine halbe Million Euro auf. An einem Abend saß er wie üblich vor dem Fernseher und trank ein Glas Bier, als die Wohnungstür aufgestoßen wurde und zwei

maskierte Männer in das Zimmer stürmten. Ein Eindringling schlug ihn mit einem Baseballschläger nieder, der andere schleuderte seine Frau auf den Fußboden, fesselte und knebelte sie. Der Meister wurde aufgefordert, den Tresor zu öffnen. Alt und knorrig weigerte er sich, das Geforderte zu tun. Die Banditen schlugen und traten, würgten und quälten ihn. Sie brachen ihm zwei Finger der rechten Hand, schnitten ihm ein Ohr ab und verbrannten mit einem Feuerzeug seine linke Hand. Der Alte brüllte vor Schmerzen und fiel zweimal in Ohnmacht. Sie erweckten ihn mit kaltem Wasser, das sie über sein Gesicht schütteten. Der Alte blieb hart. Er verriet nicht den Code des Tresors. Als die Täter begriffen, dass sie mit der Folter bei ihm nichts erreichen konnten, stießen sie seine Frau vom Stuhl auf den Boden und drohten, sie vor seinen Augen zu töten. Kein böses Wort kam über seine Lippen, er stöhnte nur, nein, nein, niemals werde ich mich verraten. Da griff ein Täter in die Haare seiner Frau, hob ihren Kopf an und schlug ihn mit voller Wucht auf den Boden, dass es krachte und man das Knacken von zerbrechenden Knochen hörte. Er tat es noch drei mal. Aus Mund, Nase und

Ohren der Misshandelten strömte Blut. Bei diesem Anblick jammerte der Alte. Hört auf, hört auf, lasst meine Frau leben. Nehmt euch, was ihr wollt. Und er gab den Code preis. Vor Gericht beschuldigten sich die Täter gegenseitig, die Greuelhandlungen begangen zu haben, aber daran selbst nicht beteiligt gewesen zu sein. Das Landgericht verurteilte beide Täter zu einer Freiheitsstrafe von je sechs Jahren. Die Revision der Verteidigung hatte Erfolg. Der Bundesgerichtshof meinte, ein versuchter Totschlag ließe sich nicht nachweisen. Im zweiten Verfahren wurden die Täter wegen schweren Raubes, gefährlicher Körperverletzung und Wohnungseinbruchdiebstahls zu jeweils drei Jahren Freiheitsstrafe verurteilt. Sie wurden nach achtzehn Monaten wegen guter Führung aus der Strafhaft bedingt entlassen. Die Geschädigten wurden unmittelbar nach dem Überfall in eine Klinik eingeliefert. Der Meister alterte durch die erlittene Tortur zu einem gebrechlichen und hilflosen Mann. Nach einem Schlag-anfall blieb er halbseitig gelähmt, er wurde depressiv. Seine Frau überlebte ein Broken-Heart-Syndrom und ein schweres Schädel-Hirn-Trauma mit Sprachverlust. Das

Ehepaar war vor Gericht nicht aussagefähig. Das Ereignis hatte ihr Leben zerstört und ihre Persönlichkeit nivelliert. Sie waren zu Pflegefällen und menschlichen Wracks gemacht worden."
Der Kommissar unterbrach seinen Redefluss. Nach einer Pause fuhr er fort:
„Mich bewegte diese Straftat zutiefst und ließen mich an meiner Tätigkeit zweifeln. Konnte das Urteil beiden, den Geschädigten und den Tätern, gerecht werden? Hatten die Richter das rechte Maß für Schuld und Sühne ermittelt? Können das Menschen?"
Er wechselte das Thema.
„Und nun wieder, in Ihrem Fall, eine Blutspur. Frau Schill fordert geifernd und Gift sprühend von mir, Sie des Totschlags zu überführen. Ist hier Eifersucht das Tatmotiv oder hat die Hatz dieser Frau einen anderen Beweggrund? Was verschweigt sie? Hinter jedem Verfolgungseifer, hinter jedem Racheeifer verbirgt sich Neid, Missgunst, Gier, Machtanspruch, verletzte Eitelkeit, kurz, das Böse im Menschen. Das muss ich in meinen Nachforschungen bedenken. Ich frage Sie, was ist an den Beschuldigungen der Frau Schill dran?"

Kommissar Trauer nahm mit dieser weitläufigen Einleitung seine Arbeit auf, sachlich, nüchtern, vorurteilsfrei. Er verhörte mich. Ich machte keine Anstalten, mich zu verteidigen. Es sei richtig, dass ich mich mit Jonas getroffen hatte, mit ihm auf dem Elbdeich spazieren gegangen sei und mich mit ihm gestritten hatte. Es sei um die Frage gegangen, ob Tanja ihr Kind austragen solle oder nicht. Mir sei es als unerträgliches Verbrechen erschienen, Tanja zur Abtreibung zu nötigen, zur Not sogar körperliche Gewalt anwenden zu wollen, wenn sie sich nicht füge. Ich hätte darüber meine Beherrschung verloren und auf Jonas eingeschlagen. Der sei gestolpert, in die Elbe gefallen und schimpfend fort geschwommen.

Der Kommissar ließ sich den Ort des Geschehens zeigen und das Tatgeschehen demonstrieren. Er stellte Nachforschungen über meinen Charakter an. Zeugen meinten, ich sei ein Moralist, unfähig, gewalttätig zu werden. Ich nähme Schuld auf mich, würde mich belasten, auch wenn es keinen vernünftigen Grund dafür gäbe. Ich empfände als Deutscher Reue über begangenes deutsches Unrecht, träte aktiv für die Wiedergutmachung aller Freveltaten ein und das bis zur Selbstverleugnung.

Die Ermittlungen ergaben, dass in letzter Zeit Ertrunkene in der Elbe nicht gefunden worden seien. Da keinerlei objektive Beweise für die behauptete Straftat gefunden wurden, leitete die Staatsanwaltschaft gegen mich auch kein Strafverfahren ein.

Tanja konnten die Ermittlungen nichts anhaben. Sie erlebte das Wunder der Schöpfung in sich, ihre Gedanken waren ohne Groll und Vorwurf. Sie träumte sorglos und heiter von einem goldlockigen Mädchen, hielt es in Gedanken in den Armen, wiegte es und sehnte sich den Tag der Geburt herbei. Aus dem flippigen Mädchen war eine in sich gekehrte, versonnene, reife Frau geworden.

VI

Die Mutter von Tanja, Frau Schill, nahm die Nichteröffnung eines Strafverfahrens verbittert und gallig auf. Ich vermutete, dass ihre gespeicherte, existentielle Wut sich in Hass gegen mich verwandelt hatte. Sie glaubte wohl, dass sich ihr Schicksal in Tanja wiederhole und Tanja wegen eines Kindes aus dem Paradies von Reichtum und Sorglosigkeit in die Ehe mit einem Nichtsnutz getrieben werde. Was ich ihrer Tochter materiell zu bieten hatte, reichte ihr nicht. Tanjas Ehe mit Jonas durfte nicht scheitern. Ich war davon überzeugt, dass sie verblendet das Wohl ihres Kindes im Auge hatte. Sie brauchte nicht lange zu überlegen, um diese Mesalliance zu verhindern. Ich war der Störenfried und musste aus dem Spiel genommen werden. Sie rief mich an:

„Frieder, ich weiß, wer Du bist und was Du willst. Du bist der Wolf im Pelz eines Schafes. Aber mich täuschst Du nicht. Du hast Jonas getötet, Du hast ihn auf dem Gewissen. Ich fordere Gerechtigkeit und werde nicht aufgeben, bis ich mein Ziel erreicht habe."

Ich schwieg erschrocken, gab keinen Ton von mir und fühlte, dass Drohendes auf mich zukam. Ich legte den Telefonhörer irritiert auf und besprach mit Tanja, was wohl in ihre Mutter gefahren sei. Sie beruhigte mich mit den Worten:

„Das ist typisch für Mutter. Sie redet sich etwas

ein und hält es für wahr. Lass Dich nicht beunruhigen, es ist nur Geschwätz."
Aber Frau Schill ließ nicht locker.
Sie terrorisierte mich täglich zu fast allen Zeiten in meiner Praxis und der Wohnung. Sie wiederholte die stets gleichen Vorwürfe:
„Du hast Jonas getötet, Du stürzt meine Tochter ins Unglück, Du bist ein Mörder. Stelle Dich der Gerechtigkeit."
Ihr Tonfall war giftig, ihre Aufdringlichkeit zermürbte mich. Sie nahm mir meinen einzigen Halt. Ich vertraute mich Tanja nicht mehr an. Als Kind war mir anerzogen worden, dass ein starker Mensch Probleme allein mit sich ausmacht. Zunächst konnte ich die Anrufe mit kurzen Kommentaren beenden, wie:
„Erzählen Sie keinen Unsinn! Lassen Sie mich bitte in Ruhe!"
Und doch höhlten mich die Bezichtigungen auf unerklärliche Weise im Laufe der Zeit aus. Ich fragte mich, wo Jonas verblieben sei, ob er vielleicht tatsächlich ertrunken sei, warum ich mich zu den Faustschlägen habe hinreißen lassen. Was geschehe, wenn Jonas Leiche gefunden werde, wie dann Tanja reagiere. Mich

quälte, dass ich mit verbundenen Augen meiner Leidenschaft nachgegangen, mit nüchterner Blindheit in eine bestehende Liebesbeziehung eingebrochen war und mich selbst in eine belastete Situation gebracht hatte. Wenn ich frühmorgens zu meiner Praxis ging, wich das Gespenst der Selbstmarterung nicht von mir. Begegneten mir unterwegs Menschen, hatte ich die törichte Vorstellung, man wisse von meiner Schuld. Ich meinte, freche Blicke und anzügliches Lächeln wahrzunehmen. Zerstreut untersuchte ich meine Patienten, hörte ihre Beschwerden, ohne sie zu hören, sah die körperlichen Veränderungen, ohne sie zu sehen. Meine Kehle schnürte sich zu, wenn ich etwas sagen wollte. Ich sprach abgehackt und gequetscht. Ich versuchte vergeblich, mich frei zu machen von den verleumderischen Unterstellungen und nur, wenn ich Tanja zu Hause wirtschaften sah, ihren Gesang vom Garten her vernahm und sie in meiner Gegenwart Frohsinn und Fröhlichkeit ausstrahlte, gewann ich kurzzeitig von meiner alten Lebenskraft zurück. Dann glimmte in mir die vergessene Glut und es bedurfte nur eines schwachen Windstoßes, dass das verzehrende Feuer der Liebe zu ihr wieder entfacht wurde.

Nach einem Hausbesuch, der Abend überzog bereits mit einem dunklen Schleier die Erde, bog ich in eine Gasse. Jemand tippte mir von hinten auf die Schulter. Ich wandte mich um. Frau Schill stand vor mir. Ich stammelte über-rascht und erschrocken:

„Was wollen Sie von mir?"

„Ich will mich mit Ihnen über den Mord an meinen Schwiegersohn unterhalten."

Sie sagte es fordernd und mit kalter Bosheit. In mir tauchte die Szene auf, wie ich Jonas geschlagen und in die Elbe gestoßen hatte. Zugleich dachte ich, sie ist eine abgefeimte und rücksichtslose Person, voller Feindseligkeit gegen mich. Dennoch war ich mir plötzlich sicher, am Tode von Jonas Schuld zu haben. Ich wägte ab. Was zählten einige Jahre Gefängnis schon gegen den sozialen Makel, gegen meine Gewissensnot und gegen die Verfolgungsjagd dieser Hexe. Bisher hatte mich das Leben nur verwöhnt. Ich war ohne materielle Not, behütet und geliebt aufgewachsen. Nun konnte ich der entsetzlichen Gewissheit nicht entkommen. Ich hatte mich schuldig gemacht und musste die Konsequenzen tragen. Meine Träume vom eigenen Heim, von Kindern mit Tanja, von Stunden des körperlichen Glücks und des geistigen Verstehens waren in Sekundenschnelle zerstoben. Die Begriffe Schuld und Gerechtigkeit bekamen für mich eine mystische und überwertige Bedeutung, dessen magischer Kraft ich mich nicht entziehen konnte. War ich anfangs noch kühl und kritisch gegenüber den Beschuldigungen, wurde ich jetzt von einem geistigen Taumel ergriffen, ohne dass ich merkte, was mit mir geschah. War ich verzaubert, war ich zur Beute des Unbegreiflichen und des Unbestimmten geworden? Oder lebe ich in der Fiktion, hilfreich und menschlich zu sein und bin das Böse selbst? Die Erinnerungen an mein früheres schuldhaftes Verhalten tauchten auf. Ich fragte:

„Was erwarten Sie von mir?"

„Ich gebe Ihnen eine Woche der Besinnung. Dann treffen wir uns zu gleicher Zeit im Gasthaus „Zur Linde". Dort werde ich Ihnen meine Forderungen vorlegen."

Sie drehte sich um und ging. Mir aber schien, als torkele die Welt um mich. Mein Herz hämmerte,

Zorn vernebelte mir das klare Denken. Sie hatte ja recht, aber warum hatte ich mich nicht mannhaft gewehrt, ihr die Meinung gesagt, mich so feige und erbärmlich verhalten und mich zu einer Verabredung dirigieren lassen, die ich doch ablehnte. Ich spuckte auf die Erde und das galt mir.

Tanja erfasste intuitiv, als ich nach Hause kam, das mich etwas aus dem Lebensrhythmus geworfen hatte.

„Frieder, was ist los, hast Du Ärger oder Kummer?"

Ich wich ihr aus.

„Es ist nichts, wirklich nichts. Ich bin müde, der Tag war sehr anstrengend."

Sie seufzte und küsste mich. Ich fühlte, dass sie von unerklärliche Angst bedrängt wurde und tat nichts, um sie ihr zu nehmen. Mehr als Feststellung denn Anregung schlug sie zaghaft vor:

„Ich wollte heute mit Dir meine Eltern überraschen und sie besuchen. Es wird wohl nichts daraus, oder?"

Ihre Worte trafen mich wie ein Schlag. Mein Magen zog sich zusammen. Ich begriff, dass sie an ihrer Mutter hängt. Und fühlte, wie sehr ich sie liebe. Ich zauderte. Soll ich ihr die Wahrheit sagen? Ihr die Gehässigkeit ihrer Mutter offenbaren? Einen Keil zwischen ihr und ihrer Mutter treiben? Und hörte mich selbst wie aus weiter Ferne:

„Nein, nicht heute. Es geht wirklich nicht. Sei mir nicht böse."

Tanja ahnte nicht, dass ihre Mutter mich bis in meine Träume verfolgte. Ich flüchtete im Schlafe vor tierischen Fratzen, vor messerscharfen Klauen, die nach mir griffen, vor gierigen Mäulern, die mich verschlingen wollten. Dann schlug ich um mich, stieß unartikulierte Schreie aus und wachte Schweiß gebadet auf. Ich sah mich vor Gericht stehen, der Richter schrie mich an:

„Sie sind ein hinterhältiger, gemeiner Mörder, sühnen Sie ihr Verbrechen."

Wenn Tanja mich wach rüttelte, das Licht anknipste, mich in ihre Arme nahm und bat zu sagen, was mich bedränge, blieb ich stumm. Am liebsten hätte ich meinen Panzer abgeworfen und hinausgeschrien, frage Deine Mutter, sie ist es, die mich zum Mörder macht. Aber ich konnte nicht. Schuldgefühle lasteten auf mir. Ich begann, an manchen Abenden Alkohol zu trinken, mehr als ich vertrug. Eine dumpfe Schwere nahm von mir Besitz und ich hatte das Gefühl, dass ich lebend eingesargt bin. Meine psychische Verfassung blieb nicht ohne Wirkung auf Tanja. Sie wurde schweigsam, ihre Augen bekamen einen traurigen Glanz und sie verlor ihre unbekümmerte Lebendigkeit. Ich ertrug ihren Anblick nicht. Ich suchte einen Weg, um mit ihr das drohende Unheil zu besprechen.

„Tanja, Geliebte, was ist, wenn ich nicht mehr bei Dir bin?"

Sie scherzte.

„Willst Du mich etwa verlassen?"

„Nein, natürlich nicht. Aber es könnte sein, dass wir getrennt werden."

„Ich werde auf Dich warten."

„Das meine ich nicht. Schau, der Tod ist immer gegenwärtig. Wie oft werde ich damit in meinem Beruf konfrontiert."

„Was sprichst Du da? Woher kommt Deine Depression?"

„Angenommen, Jonas kommt zurück."

Tanja zögerte einen Augenblick. Dann erklärte sie schalkhaft:

„Ich habe auch schon daran gedacht. Ich werde zu ihm ziehen und auf Dich warten. Zu Dritt, das war doch eine schöne Zeit!"
Dann aber ergänzte sehr nachdrücklich und ernsthaft:
„Nein Frieder, es war eine Jugendtorheit. Kindisch und dumm. Es ist vorbei."
Ich bohrte weiter.
„Du liebst ihn noch?"
„Ich liebe Dich und ich liebe ihn. Warum nicht? Es ist doch nichts passiert. Ach Liebster, welche Flöhe zwicken Dich?"
Eine leichte Röte überzog Tanjas Gesicht, ihre Augen leuchteten. Ein kalter Schauer überzog meinen Rücken. Ich wollte Tanja an mich reißen und küssen und hatte zugleich den Impuls, sie zu schlagen. Wie konnte sie nur sagen, dass sie ihn noch liebe. Ich dachte, ich bin verrückt, verrenne dich bloß nicht in einen blinden Wahn. Und war gewiss, ich kann mich nicht von ihr lösen und sie sich nicht von mir. In meiner Zwiespältigkeit fand ich keine Worte und schlich mich wie ein geprügelter Hund davon. Ein Gedanke wurde aber in mir übermächtig. Wozu noch leben.
Am verabredeten Abend saßen ich und Frau

Schill im Gasthaus „Zur Linde" uns gegenüber. Ich presste meine Lippen zusammen, ihr Mund war leicht geöffnet. Sie betrachtete mich prüfend mit einem spöttischen Lächeln. Ich schlug die Augen nieder. Sie nahm das Gespräch sofort in die Hand, sprach leise, eindringlich und überzeugend:

„Frieder, Sie brauchen nicht länger zu leugnen, es ist nutzlos. Sie haben Jonas umgebracht. Stellen Sie sich vor, Sie stehen vor Gericht. Der Richter kennt die Beweise für Ihre Schuld. Er erwartet Ihr Geständnis. Sie aber krümmen sich, wollen nicht gestehen. Die Öffentlichkeit ist zugelassen, sie bricht bei Ihren Einlassungen in Gelächter aus. Alles, was Sie vorbringen, ist wider-sprüchlich und unstimmig. Die Presse veröffentlicht Ihr Foto und schildert genüsslich Ihre Feigheit und Verlogenheit. Sie sind nicht mehr der ehrbare Doktor, sie sind eine lächerliche Figur. Nur ich verstehe Sie, nur ich verteidige Sie, auch wenn Sie mich ganz anders einschätzen. Ich will Sie nicht nötigen, ein Geständnis abzulegen, obwohl Sie mir gegenüber die Tat gestanden haben. In Ihrer Situation ist jeder Mensch auf Selbsterhaltung bedacht. Wer nicht schon gelogen hat, kennt nicht die Wahrheit. Ich appelliere an Ihre Vernunft. Ihre Gewissensbisse entlasten Sie nicht. Ihre Angst vor den gutbürgerlichen Voyeristen und den mitleidlosen Journalisten, die die primitivsten Triebe ihrer Leser anheizen und anstacheln, damit sie an Ihrem Unglück genüsslich schlürfen, all das ist ekelerregend und mit Ihrer Selbstachtung nicht vereinbar. Bleiben Sie groß. Sie sind ein ehrenwerter Mensch, aufrichtig und mutig. Bekennen Sie sich zu Ihrer Tat. Ich stehe Ihnen nahe, bin vielleicht der einzige wahre Freund, den Sie haben. Ich werde für Sie auf ewig schweigen und nie die Gründe für Ihre verwerfliche Tat offenbaren. Lassen Sie sich nicht in der Öffentlichkeit vorführen, Ihre Gefühle beschmutzen und Ihre Ehre nehmen. Denken Sie auch an das Kind , das Tanja unter dem Herzen trägt. Wenn Sie der Vater sind, wird es einen Vorbestraften, einen Häftling, einen Mörder zum Vater haben. Es wird sich lebenslang gedemütigt und diffamiert fühlen. Nicht genug damit. Es wird in relativer Armut aufwachsen. Wenn Jonas der Vater ist, wird es ihn beerben. Es wird wohlhabend, geschätzt und anerkannt sein. Wollen Sie das dem Kind verwehren? Geht Ihr Egoismus so weit, einem unschuldigen Kinde die Zukunft zu verbauen?"

Mit jedem dieser Argumente überzeugte Frau Schill mich von meiner Schuld. Das Verhängnis hatte sich zusammen gebraut, das Verderben war nicht mehr aufzuhalten. Ich bat kleinlaut:

„Was soll ich tun, gibt es einen ehrenvollen Ausgang?"

Die Erpresserin funkelte mich an und befahl beschwörend:

„Ziehen Sie die Konsequenz, nehmen Sie sich das Leben! Es ist der einzige Ausweg."

Sie hob theatralisch die Hände:

„Gott wird Sie aufnehmen und belohnen."

Ich flüsterte mit heiserer Stimme:

„Ich kann es nicht, ich kann es nicht."

„Sie können es, um Ihrer Ehre und um der Gerechtigkeit willen."

Das traf mich in den tiefsten Tiefen meines Herzens. Ja, gerecht und wahrhaftig zu sein war der Inhalt meines Lebens und der Sinn meines bisherigen Strebens. Ich erhob mich. Eine beglückende Klarheit verbreitete sich in meinem Denken. Ich werde die Kraft zum Sterben aufbringen. Ich fühlte mich bereit, meine Schuld

zu begleichen. Ich beachtete nicht mehr die Frau, die das Hässliche, das Gemeine, das Verlogene verkörperte, obwohl sie die Wahrheit ausgesprochen hatte. Ich ging ohne Gruß. Als ich das Lokal verließ, rief sie mir nach:
„Ich werde morgen nach der Sprechstunde bei Ihnen sein."
Die nachfolgende Nacht schien mir besonders finster und endlos. Tanja schlief neben mir tief und fest. In der Schwärze und Stille der Nacht sann ich nicht mehr über Sterben und Tod nach, ich fiel in einen unruhigen Halbschlaf und gewahrte im Unterbewusstsein Körpersignale. Einen unregelmäßigen Herzschlag, Atemnot, Beklemmungsgefühle in der Brust. Ich hörte ungewöhnliche Geräusche, meinte, Geflüster und Schritte wahrzunehmen und das Öffnen und Schließen von Türen. Mir war, als ob der Tod nach mir suche. Meine vertraute Umgebung schien mir gespenstisch verändert. Ich schreckte wiederholt auf, verließ das Bett, begab mich ins Badezimmer und betrachtete mich im Spiegel. Ich sah ein bleiches Gesicht mit tiefliegenden, dunkel umrahmten Augen. Irgendwann schleppte ich mich zurück ins Bett und sprach innerlich

zu mir selbst: Nur Mut, bald betrete ich die andre Welt, die Welt der Eintracht und des Friedens. Wie selbstverständlich setzte ich voraus, dass ich auch im Jenseits leben würde. Der Gedanke, dass ich dort nichts fühlen, nichts denken, nichts wollen würde, kam mir nicht. Ich versprach mir nur Tröstliches vom Leben nach dem Tode. Endlich schlief ich ein. Im Traum erschien mir Frau Schill. Sie war mit einer weißen Tunika bekleidet. Ihre langen schwarzen Haare fielen locker über Brust und Schultern. Ihre Augen waren aufgerissen und hatten einen starren Blick, der auf mich gerichtet war. Ihre Stimme klang weich und einschmeichelnd mit einem bedrohlichen, unheilvollen Unterton:
„Ich bin gekommen, um mir das Kind zu holen. Gib es mir, das bist Du mir schuldig. Es ist die Sühne für Dein Verbrechen. Deine Schuld soll damit beglichen sein."
Ich hielt ihr entgegen:
„Es ist nicht mein Kind, es ist unser Kind. Wir verfügen nicht über seinen Tod und sein Leben. Es hat ein eigenes Lebensrecht. Überdies bin ich Ihnen nichts schuldig, verschwinden Sie!"
Doch sie ließ sich nicht abweisen.

„Es wird nichts spüren und sanft in die Anderwelt eingehen. Es ist noch kein Mensch mit Sinnen, es ist noch ohne Sünde und wird direkt aufgenommen werden in einem Reich, in dem Friede, Eintracht und Gerechtigkeit herrschen. Dort wird es nie verfaulen und nie Nahrung sein für Würmer und Ungetier."

Bei diesen teuflischen Worten zog sich mein Herz zusammen. Ich erklärte mit fester Stimme:

„Nein, es soll leben, um auf dieser Erde glücklich zu sein."

„Du Narr, warum verweigerst Du dem Kind das wahre Glück? Im Jenseits werden ihn Engel bedienen, es wird Herrscher des himmlischen Lichts und der Winde sein. Es wird auf Löwen reiten und mit Krokodilen im Wasser spielen, auf Blumenwiesen tanzen und sich an himmlischer Musik ergötzen. Es wird die Früchte des ewigen Lebens genießen und die Auferstehung der Gerechten feiern."

Ich lachte ihr ins Gesicht.

„Genug der Märchen, was Sie mir vorspiegeln ist eine einzige Lüge. Sie sind fähig, werdendes Leben auf dem Altar Ihrer billigen Interessen zu schächten. Wie erbärmlich!"

Frau Schill ließ nicht locker.

„Lass das Kind abtreiben, reiße es aus dem Mutterleib und mache Dir kein Gewissen daraus. Ich biete Dir allen Reichtum dieser Erde. Nicht mit Arbeit und Mühsal sollst Du Deine Zeit vertreiben, sondern mit allen Vergnügen, die der Fortschritt kennt. Du sollst alle Lüste auskosten können, die Du begehrst. Du sollst zu den Mächtigen gehören, Unrecht begehen und sich daran weiden können. Nichts soll Dir vorenthalten sein. Sieh diesen Beutel, er ist voller Geld und leert sich nie, so oft Du auch in ihn greifst."

Ich schüttelte bestürzt den Kopf.

„Also Gold für eine Menschenseele? Das ist das Geschäft der Verdammten. Fort von mir, Du Satan in Menschengestalt."

Sie aber höhnte.

„Du bist nicht willig, nun, Gewalt wird Dich gefügig machen."

Die Konturen dieser Hexe verwandelten sich in einen schwarzen Schatten, der sich mir Furcht einflößend langsam näherte und sich auf meine Brust niederließ. Der Schatten war übermächtig und schwer und nahm mir den Atem. Ich keuchte, rang nach Luft und hatte das Gefühl zu ersticken.

Es gelang mir nicht, ihn von mir zu stoßen. Zwei bekrallte Hände griffen nach mir, packten meine Gurgel und drückten zu. Ich schlug mit Armen und Beinen um mich und versuchte so, mich von dem Würger zu befreien. Vergeblich. Mich überwältigten Todesängste und ich schrie so laut ich konnte nach Hilfe. Da rüttelte mich jemand aus meiner Todesnot und der Spuk verschwand. Ich hörte Tanja wiederholt sagen, Frieder, wach auf, Du hast einen Albtraum. Ich war zunächst zu einer Reaktion nicht fähig. Mein Innerstes war verstört und der Schrecken saß fest in meinen Eingeweiden. Schließlich bat ich verzweifelt:
„Tanja, versprich mir, was auch immer geschieht, das Kind behalten wir."
Sie beruhigte mich.
„Aber Schatz, was hast Du nur für merkwürdige Ideen. Wir werden doch nicht unser Glück zerstören."
Sie umfing mich liebevoll mit ihrem Leib, liebkoste und beruhigte mich und äußerte sich besorgt über mein Aussehen. Beim Frühstück verfolgten mich ihre Augen bekümmert, doch sie stellte keine Fragen zum nächtlichen Ereignis. Sie kannte meine Nöte und war Kummer

gewohnt. Ich dachte, welch wundervoller Mensch ist sie doch. Die Zeit ist gekommen, mit ihr die Erpressung zu besprechen. Aber ich blieb sprachlos, verabschiedete mich mit der Feststellung, dass ich zur Praxis müsse und gab ihr einen flüchtigen Kuss. Ich konnte zwar anderen Menschen in Notlagen helfen, aber ich selbst mir nicht.

Durch die Fenster fiel der erste Tagesschimmer, ich schritt rüstig den kurzen Weg bis zur Praxis. Mein erster Patient war ein alter Bauer, verknittert und faltenreich von Wind, Wetter und den Jahren. Dem Alten, er war über achtzig, waren über die Zeit Besonnenheit, Weitsicht und Weisheit zugewachsen. Ich fragte ihn wie gewöhnlich:
„Nun Bauer, was kann ich für Dich tun? Was fehlt Dir?"
Der Bauer saß auf einem Stuhl, beugte sich vor. Er blickte mich prüfend an. Sein Blick war weich und durchdringend zugleich, bahnte sich einen Weg in meine Seele. Er stellte fast feierlich ohne Hast mit einem sonderbaren Ernst in der Stimme fest:

„Doktor, Du hast eine Krise. Es ist vielleicht die erste in Deinem bisherigen Leben. Du bist gefährdet. Du stehst in der Mitte Deines Lebens, nichts ist verloren, gib Dich nicht auf. Lass Dein Tagwerk ruhen, gehe zum Fluss, lasse Dich dort nieder und lasse von den Wassern Deine trüben Gedanken in den Ozean der Nichtigkeiten tragen."

Ich fühlte mich in die warme Aura des Alten einbezogen und hüllte mich doch in Schweigen. Ich konnte meinem väterlichen Freund nicht anvertrauen, dass ich entschlossen war, aus dem Leben zu scheiden. Der kleine Rest an seelischer und körperlicher Kraft, der mir noch verblieben war, reichte nicht, meinen Entschluss umzuwerfen. Denn alles, was bei mir auf dem Grunde meines Lebens lag, kam nach oben. Wie viel Versagen, Fehlverhalten und Egoismus gab es da, drückten mich nieder und nahmen mir allen Lebensmut.

Der Bauer war kaum gegangen, da stand der Erste, mein erster Patient Maximilian Geist, in der Tür. Er konsultierte mich nach unserer ersten Begegnung wie vereinbart regelmäßig aller vier Wochen. Dann unterhielten wir uns angeregt wie

Freunde über die Dinge des Alltags und über unsere Probleme. Diesmal blieb er in der Tür stehen, ohne sie zu schließen. Wir schauten uns an, dann sagte er kaum hörbar:
„Frieder, es ist so weit."
Er drehte sich um und verließ meine Praxis. Ich wiederholte ins Leere hinein:
„Ja, ja, es ist so weit."
Dass er sich auf seine frühere Prophezeiung bezog, realisierte ich damals nicht.
Nach der Sprechstunde regelte ich noch einige Formalitäten und schrieb an Tanja einen kurzen Abschiedsbrief:
„Liebste, ich bleibe Dir ewig verbunden. Mein Tod soll Dir und unserem Kind Schande ersparen. In Liebe, Dein Frieder."

VII

Frau Schill betrat wenige Minuten später den Behandlungsraum und nahm unaufgefordert an meinem Schreibtisch mir gegenüber Platz. Sie flüstert mir zu:

„Ich klage Dich nicht an, Du bist wahrhaftig ein Übermensch. Wirfst alles fort, was man Dir eingetrichtert hat. Du hast Dich selbst überwunden."

Sie blickte mich lauernd an. Ihre Augen glühten und ihre Zunge zischelte wie bei einer Schlange. Ihre Gegenwart machte mich kraftlos. Ich stierte sie an und war keines Gedanken mächtig. Zugleich war ich sicher, dass der alles entscheidende Augenblick gekommen und meine Vernichtung unabwendbar war. Mit graute vor ihr. Sie holte aus ihrer Handtasche ein kleines braunes Fläschchen.

„Trinke einige Tröpfchen, Du wirst sanft einschlummern."

Ich verweigerte nicht den Gehorsam, wähnte mich auf einem Altar, auf dem in einem heiligen Akt meine Schuld durch meinen Tod gesühnt werden muss.

Ich griff wie mechanisch zur Phiole, schluckte dessen Inhalt hinunter und spürte zunächst einen bitteren Geschmack auf meinen Lippen. Mich durchzuckte der Gedanke, gleich werde ich mit Gott verschmelzen, ich werde ihm von Antlitz zu Antlitz gegenüber stehen. Dann strömte eine

Hitzewelle durch meinen Körper, ich merkte, wie meine Sinne sanft umnachtet wurden und ich in ein Schwarz versank. Was danach mit mir geschah, in welchen Zustand ich geworfen wurde und welche Macht sich meiner annahm, kann ich bis heute nicht erklären. Ich sah plötzlich die Erde entschwinden und raste durch die Weiten des Alls ohne Zeit- und Raumgefühl. Mein Körper und meine Sinnesorgane erschienen mir intakt, ich vermochte auch klar zu denken. Ich sauste durch eine Dunkelwelt und sah nur in der Ferne kleine Lichtpunkte. Näherte ich mich diesen Gebilden und verharrte eine Weile auf diesen Himmelskörpern, war der Himmel über ihnen bedrohlich schwarz und eine lebensfeindliche Eiseskälte umfing mich. Oder eine Feuerkugel näherte sich und strahlte unerträgliche Hitze aus. Mein Körper war auf diesen Sternen federleicht oder so bleischwer, dass ich mich mit riesigen Sprüngen fortbewegte oder mich überhaupt nicht zu bewegen vermochte.
Die Gebilde waren übersät mit Schluchten oder Gebirgsketten, Wüsteneien oder feuerspeienden Vulkanen. Ich war gewaltigen Stürmen ausgesetzt, ungewöhnliche Lichterscheinungen um-

kreisten einzelne Sterne und imponierten wie Zauberkunst. Ich schoss wie das Licht und noch schneller durch eine Vielzahl von Galaxien, erkannte, dass allen Systemen wohl eine Ordnung innewohnt, aber ein Anfang und ein Ende, eine Begrenzung wurde nicht sichtbar. Mir ging der Gedanke durch den Kopf, dass das Ewige und Unendliche das Begrenzte und Endliche aufhebt und menschliche Maßstäbe außer Kraft setzt. Die mathematischen Berechnungen und der zaghafte Vorstoß unserer Wissenschaftler in das Universum belegen, dass die von mir zur Kenntnis genommenen und durchlittenen Dimensionen mit dem menschlichen Verstand nicht fassbar und nicht vorstellbar sind. Es gibt keine fixen Größen und kein geschlossenes System des Universums. Wie lächerlich und unwirklich sind die berechneten Milliarden von Lichtjahren, die irgendein Himmelskörper von der Erde entfernt sein soll oder in denen die Erde unbewohnbar sein wird. Das ist für die gegenwärtige und zukünftige Existenz des Menschen bedeutungslos. Mit Schauern begriff ich, dass unser Planet ein einsames Staubkorn in den Weiten des Weltalls ist, auf dem allein Leben besteht und nur diese Erkenntnis existentielle Bedeutung für den Menschen hat. Außerirdische Wesen, die den Menschen bedrohen, sie unterdrücken, foltern, töten wollen, gibt es nicht. Ich habe sie nicht entdeckt. Es sind Fantasiefiguren, auf die projiziert wird, was in uns brodelt. Wie im Mittelalter die Gaffer auf den Märkten sehen wir schaudernd-erregt im Fernsehen und lesen in Romanen, wie Menschen verbrannt, geköpft, geviertelt und aufgehangen werden und haben unsere unterdrückte Lust daran. In der Unendlichkeit erlebte ich mich als winzig klein und bedeutungslos, war wie eine Fliege, die nur einen Tag lebt und deren Leben gleichwohl ausgefüllt ist mit bewegenden Ereignissen. Für sie ist eine Zeit von 80 Jahren und die Ausdehnung der Erde unfassbar. Sie hält ihre Erfahrungswelt, ihre Denkwelt und ihre Wirkwelt gleichwohl für allumfassend, wie wir Menschen auch. Die unvorstellbare Himmelstiefe und die Geschwindigkeit, mit der ich durch sie geschleudert wurde, machten mir Angst. Ich hielt hilfesuchend Ausschau nach Leben und fand auf keinem Gestirn Wasser, Luft, Pflanzen, Tiere. Das Universum blieb wüst und leer, nur das Geistige, eine unsichtbare Kraft schien mir fühlbar gegenwärtig. Ich verstand, dass mir der Anfang, der Beginn, der Ursprung allen Seins vor Augen geführt wurde, in der wir Menschen noch nicht vorgesehen sind. Ich stieß ein Stoßgebet hervor: „Allmächtiger, bringe mich zurück zu meiner Erde!"

Ich erhielt keine Antwort. Furcht und Zittern überfielen mich, bis in weiter Ferne ein bläulich leuchtender Ball erschien, der von Spektralfarben übermütig umtanzt wurde. Je näher ich meiner Behausung kam, umso deut-licher traten Meere, Landmassen, Ströme, Gebirge, Wälder, Steppen und Wüsten hervor. Der Reichtum und die Vielfalt unserer Erde wurde sichtbar.

Schmeichelnde Wiesen, sanfte Hügel, schroffes Gebirge, blumige Auen, liebliche Seen. Aber auch Städte, eng, dunkel, verraucht und unwirklich, zerstörte Natur, trist, zerstückelt, unfruchtbar und zurückversetzt in den Ursprung allen Lebens. Ich jauchzte innerlich, sah das Leben spendende Land mit seinen Früchten, hörte die zwitschernde Freude der Vögel, entdeckte Tiere, die ihre Jungen nährten. Bäume schaukelten sich im Winde, zierten sich in grün und überall lachte mir die farbige Blütenpracht der Blumen entgegen. Darüber spannte sich ein leicht bewölkter, blauer Himmel und die Sonne verschenkte selbstlos ihre alles erhaltende Kraft. Mir schien alles in Maß und Einklang zu sein. Die Erde bot sich mit solcher Eindringlichkeit dar, dass sich mein Herz weitete und sich mir eine neue, gefühlsgetragene Einsicht auftat. Die Erde ist ein göttliches Geschenk, das man dankbar annimmt, es nicht schändet und missachtet, sondern behütet und hegt als Teil einer wunderbaren Schöpfung, zu der wir auch gehören. Riesenflügel haben mich in das Universum getragen. Ich kann bezeugen, dass es im Weltall nur einmal eine Erde und nur einmal Geschöpfe gibt. Die Erde, ihre Geschöpfe und der Mensch sind einzigartig. Was uns miteinander verbindet, sind die nicht ermüdende Fruchtbarkeit und Kreativität, die wir leben und als Glück und Lebenssinn empfinden. Bei jedem Schöpfungsakt, auf welcher Ebene auch immer, erfahren wir Daseinslust und Daseinsfreude in sinnlich gesteigerter Form. Es gibt kein außerirdisches Paradies, wir leben im Paradies. Es ist leicht, einen Menschen zu töten und die Schätze der Erde für unser Wohlleben zu verbrennen. Und schwer, das anvertraute Wunderwerk uns und allen Geschöpfen für die Zukunft zu erhalten. Denn das erfordert ein tatkräftiges Gewissen. Wenn wir uns dieser Aufgabe nicht stellen, gedankenlos und fruchtlos wie das Wetter in der Wüste, dann ist unser Leben leer und trostlos, trotz aller Lustbarkeit nichts anderes als Betäubung aus Verzweiflung vor dem nahenden Ende, das wir selbst heraufbeschworen haben. Ein Gefühl von allumfassender Erkenntnis durchströmte mich. Noch in diesem Zustand von ekstatischer und freudvoller Hochgestimmtheit schwelgend, vernahm ich eine mir bekannte Stimme.

„Er stirbt nicht, er wird überleben."

Mein Körper war steif, ich war zu keiner Bewegung fähig. Mit großer Kraftanstrengung schlug ich die Augen auf. Auf mich blickten kalte Raubvogelpupillen herab. Ich erschrak und schloss meine Augen. Ich hörte nahe an meinem Ohr:

„Oh Tanja, er ist zu sich gekommen. Ich bin ja so froh, wie habe ich um ihn gebangt. Ich hatte schon das Schlimmste befürchtet. Wie viele Kerzen habe ich der Heiligen Maria geopfert, damit er nicht von uns geht."

Die Stimme war überfreundlich geziert und ich empfand schmerzlich die ihr innewohnenden falschen Töne.

„Frieder, wie konntest Du nur, was hast Du getan. Hast Du nicht an uns gedacht und den Schmerz, den Du uns zufügst? Was ist geschehen, was ist passiert? Warum hast Du nicht mit uns gesprochen? Warum hast Du Dich nicht uns anvertraut und wolltest aus dem Leben scheiden?"

Ich erkannte die Fragende, es war Frau Schill. Ich antwortete ihr nicht und überlegte, wo ich mich befinde und was geschehen war. Dann küsste mich jemand auf die Stirn und hauchte:

„Liebster, Liebster..."

Nach einer Weile wiederholte die Stimme:

„Liebster….ich bin es."

Ich öffnete die Augen. Es war Tanja. Ihre Augen hatten einen feuchten Glanz. Sie strahlte und schaute mich glücklich an. Sie hielt mir ein Baby entgegen, aber sagte nichts. Ich verstand. Es war unser Kind. Sie strich über mein Haar und tat es mit solcher Innigkeit, dass ich Tränen nicht zurückhalten konnte. Ich betrachtete sie und sah verschwommen eine bildhübsche Frau mit gelassenen Zügen, hingebender Schwermut, reifer Weiblichkeit und in sich ruhender Selbstsicherheit. Ich dachte, das ist meine Frau. Welch wunderbare Fügung. Wie hat sie sich verändert. Hinter ihr stand Frau Schill. Mutter und Tochter sahen sich verblüffend ähnlich. Ich wälzte träge in Gedanken, sie haben beide die selben Wurzeln, die das Gute und das Böse nährt. Wie nah sind sich doch Liebe und Frevel. Wie ist das nur möglich? Meine Augen wurden schwer, die Überlegungen entglitten mir und rückten in weite Ferne. So schlummerte ich leicht gleitend, schwebend und weltvergessen überglücklich ein im Bewusstsein, dass ich lebe, liebe und geliebt werde.

Am nächsten Tag konnte ich klarer denken. Ich fand heraus, dass ich mich in einer Klinik befinde.

Krankenschwestern umsorgten mich, Ärzte untersuchten mich und stellten viele Fragen. Ich teilte ihnen nichts von meiner Reise ins Universum mit, weil ich befürchtete, mit einem solchen Bericht als psychisch krank erklärt zu werden. Ich erfuhr aber, dass ich mich über sechs Monate in einem Zustand zwischen Leben und

Tod befunden hätte, einem Koma vergleichbar. Tanja saß stundenlang an meinem Bett und erzählte frohgemut von den Dingen des Tages. Unser Kind heiße Martina, ihre Mutter habe bestritten, dass ich der Vater von Martina sei. Das Verhalten der Mutter sei ihr unverständlich gewesen, deshalb habe sie eine DNA durchführen lassen. Martina gedeihe prächtig.

Mich wunderte, dass Frau Schill mich so oft im Krankenhaus besuchte und mir jedes mal kleine Geschenke mitbrachte. Sie war mir unsympathisch und ich machte daraus keinen Hehl. Das hielt sie nicht ab, so oft es ging, sich um mich herum zu schleichen und mir mit bestaunenden Worten zu schmeicheln. Zugleich versuchte sie listig herauszufinden, ob ich mich noch an den Tag meines Suizidversuchs erinnere. Ich hatte Erinnerungslücken. Nach und nach fiel mir ein, dass und warum ich mich selbst zum Tode verurteilt hatte, aber auch, dass sie mich von der Notwendigkeit eines Freitodes überzeugt und mir das Gift gereicht hatte. Ich spielte ihr weiterhin Erinnerungslosigkeit vor. Mein Gedächtnisverlust schien sie zu befriedigen, ich dagegen rätselte, was sie bewegt hatte, mich aus dem Leben zu drängen.

VIII

Einen Tag vor meiner Entlassung aus der Klinik klopfte es an meiner Tür. Noch bevor ich „herein" gerufen hatte, trat Jonas mit einem Blumenstrauß ein. Mir fuhr der Schreck in alle Glieder. Der Totgeglaubte lebte und ich begriff noch nicht die Tragweite dieser Tatsache. Jonas begrüßte mich laut und lebhaft, als wäre nichts geschehen.
„Alter Junge, was machst Du für Sachen. Mir wurde zugetragen, Du hättest Dich umbringen wollen. Warum nur? Das Leben ist doch wunderbar. Und wie siehst Du aus! Deine Haare sind schlohweiß geworden!"
Ich überlegte, ob er sich unwissend stellt oder unwissend ist. Immerhin war ich beschuldigt worden, ihn getötet zu haben. Ich antwortete ihm nach meinem Wissensstand:
„Es gibt viele Wege, die zum Tode führen. Nach unserer Auseinandersetzung am Elbufer glaubte ich, Du seist in der Elbe ertrunken und ich sei

Schuld daran. Ich habe Dich geschlagen und Du bist deswegen in die Elbe gestürzt. Ich wollte den Konsequenzen meiner Tat entkommen. Es ist nicht leicht zu ertragen, den Tod eines Freundes verursacht zu haben."

Jonas schien tief berührt zu sein.

„So nahe habe ich Dir gestanden? Oh Gott, hätte ich das gewusst. Was geschah bei Dir in dieser Zeit?"

„Ich hielt mich an Orten auf, da gab es kein Lieben und kein Hassen, kein Lachen und kein Weinen. Nichts Menschliches, nur tote Materie, die wir in seiner Größe nicht verstehen. Und Du?"

„Um es ehrlich zu sagen, ich wollte dem Kuddelmuddel mit Tanja, dem Kind und Dir entrinnen. Das wurde mir lästig. Als ich in die Elbe fiel, eigentlich gesprungen bin, sah ich eine Möglichkeit, mich billig aus dem Staube zu machen. Ich schwamm ein Stück elbabwärts, ging an Land und schipperte mit meiner Yacht nach London. Und dort bin ich bis gestern meinen Geschäften nachgegangen."

Mir schien der Augenblick günstig, Jonas reinen Wein einzuschenken.

„Ich will es Dir in aller Offenheit sagen. Tanja und ich, wir lieben uns. Liebe auf Zeit, Liebe ohne Treue, Liebe zu Dritt, die gibt es nicht. Martina ist unser Kind, wir werden heiraten und wollen weitere Kinder. Das ist unsere Zukunft."
Jonas blickte mich erstaunt an.
„Warum erzählst Du mir das? Das weiß ich doch selbst. Es geht mir nicht um das Kind. Ein Kind kann ich mir jederzeit kaufen oder adoptieren oder mir bei einer Leihmutter bestellen. Nein, auch bei mir geht es um die Liebe. Omnia vincit amor."
„Wie kann man ein Kind lieben, wenn man es nicht gezeugt hat?"
„Ja, ich kann keine Kinder zeugen. Aber ich kann es umsorgen, ihm beistehen, ihm helfen, es erziehen und ihm stets nahe sein. Ist das nicht auch Liebe?"
„Es ist Liebe, ja. Aber Du gibst dem Kind nicht Deine Identität."
„Was soll denn dieser Quatsch. Die herkömmlichen Werte, die sexuelle Identität des Menschen, die Bedeutung seiner Herkunft haben sich aufgelöst. Der Zeitgeist hat die tradierte Heterosexualität durch instabile, wechselnde Identi-

täten und Objektpräferenzen ersetzt. Die Minderheiten werden heute in Romanen, Filmen, in den Medien gefeiert. Wer sich öffentlich als schwul, bisexuell oder pädophil bekennt, ist ein Held. Selbst das Verhältnis von Kind und leiblichen Eltern wird juristisch auf einen kündbaren Vertrag von einander unabhängiger Individuen reduziert. Liebe und Lust sind Selbstzweck und haben einen höheren Stellenwert als Ehe und Kind, deren Notwendigkeit bestritten wird. Willst Du noch mehr hören? "
Ich protestierte.
„Was Du vertrittst, entweiht alles, was mir heilig ist. So verirrt man sich , wie wir beide uns auch mit unserer Dreierbeziehung verirrt haben. So etwas steht nicht in Gottes Schöpfungsplan."
Jonas grinste und versetzte mich mit seinem Zynismus wieder einmal in Wut.
„Aha, Du kennst also Gottes Schöpfungsplan?"
Ich war schockiert, er aber fuhr unbeirrt und, wie ich empfand, lustvoll fort:
„Gott ist tot. Vor nicht allzu langer Zeit klärte man das Volk auf und sagte, die Religion sci das Opium für das Volk. Heute sind die Leerformeln von Gerechtigkeit, Freiheit, Demokratie das

Opium, mit dem die Bevormundung, die Unterdrückung, die Versklavung anderer Völker und Andersdenkender vernebelt und das Abtöten ungeborenen Lebens rechtfertigt wird. Willst Du noch mehr hören?"
Ich wollte nicht. Ich bettete meinen Kopf seitlich auf das Bettkissen und tat, als sei ich eingeschlafen. Jonas stand nach einiger Zeit auf und wollte das Krankenzimmer verlassen. Jemand öffnete behutsam die Tür. Jonas signalisierte:
"Pssst!" und flüsterte:
„Er ist eingeschlafen."
Ich lauschte und erkannte die Stimme von Frau Schill.
„Wie gut, dann können wir ungestört sprechen. Hast Du ihm gesagt, dass wir ständig in Kontakt standen, als Du in London warst?"
„Natürlich nicht, so hatten wir es doch verabredet. Du hast doch darauf gedrungen, dass er es nicht erfährt."
„Ich habe meinen Vertrag eingehalten. Du bist Tanja los, weil Du von Deinen Callboys nicht lassen kannst. Du hast uns eine schöne Bescherung eingebrockt. Sie ist mit diesem Spinner fest liiert. Ich habe alles in meiner Kraft getan,

damit wir ihn loswerden. Wie steht es mit Deiner Vertragserfüllung?"
„Was meinst Du?"
„Hast Du das Testament gemacht und verfügt, dass Martina Deine Alleinerbin ist und ich die monatliche Apanage bis zu meinem Tode erhalte?"
„Nein, ich hatte viel zu tun, ich bin noch nicht dazu gekommen."
„Das muss aber bald geschehen, sehr bald. Ich verlasse mich auf Dich, sonst … Du weißt ja. Komm, ich will Dir noch etwas zeigen."
Die Beiden verließen fast geräuschlos das Zimmer. Ich versank in Gedanken. Mit der anbrechenden Nacht wuchs das Dunkel der Wolken und verhüllte das Licht des Mondes. Ich horchte in ein unfassbares Nichts hinein. Alles in mir war verkrampft. Man hatte mich getäuscht. In welchem Zusammenhang stand der mir suggerierter Freitod mit den Abmachungen dieser Menschen, wem nützte er? Sie hatte gewusst, dass Jonas lebte und mir dennoch vorgeworfen, ihn getötet zu haben. Sie erhielt von ihm viel Geld, aber was hatte das mit mir zu tun? Ich grübelte die ganze Nacht hindurch und fand keine einleuchtende

Erklärung für das Verhalten von Frau Schill und meinem Freund Jonas.

Es war ein erdrückender Zustand, der von mir erst wich, als Tanja am frühen Morgen erschien, um mich nach Hause zu holen.

Ich begrüßte mein Elternhaus mit einem Freudenschrei. Bei Tanja fühlte ich mich sicher, geborgen und geliebt. Ich besichtigte mit unserer Tochter den Garten. Martina krabbelte auf dem Rasen und lallte vergnügt vor sich hin. Süße Düfte in den Lüften, liebkosende Wärme, bunt glühende Farben und die kleinen Gäste, die eifrig den Nektar der Blumen naschten, machten mich zufrieden und versöhnt. Oh Herz, begehrst du noch mehr? Ein Gefühl des Glücks durchströmte mich und ich fühlte mich der Erde und seinem Schöpfer untrennbar verbunden. Freunde und Bekannte empfinge mich überschwänglich, Patienten bereiteten mir einen Willkommensempfang mit einem Ständchen und herzlichen Worten. Das war der Anfang meines neuen und doch alten Lebens.

In meiner ausgeglichenen Zufriedenheit überfiel mich in diesen Tagen aus heiterem Himmel plötzlich ein heißer Schauer. Ich hörte in

Gedanken die Prophezeiung von Maximilian, meinem ersten Patienten, ich würde sterben, auferstehen und ein neuer Mensch sein. Könnte es sein, dass ich für ihn der unwiderlegbare Beweis für parapsychologische Phänomene bin? Das wäre ein Hohn auf die Grundannahmen der Wissenschaft unserer Zeit. Ich wollte mir Klarheit verschaffen und unternahm alles, um Maximilian Geist zu erreichen. Man kannte ihn nicht bei seiner angegebenen Wohnanschrift und nicht im Max-Planck-Institut. Ich gab eine Vermisstenmeldung auf. Er konnte nicht gefunden werden, noch mehr, er war in keiner offiziellen Meldekartei aufgeführt. Nach langem Nach-denken hielt ich es für das Beste, dem Ratschlag zu folgen, den ich seinerzeit dem angeblichen Maximilian Geist ans Herz gelegt hatte: Behalte dein Wissen und Erleben für dich, setze dich nicht den Schmähungen der Unverständigen aus. Doch in mir gärte es weiter. Niemand kennt den Wert der Unschuld bis man weiß, dass das Nichtwissen unwiederbringlich dahin ist und unser stückweises Wissen nur offenbart, dass der Sinn des Lebens in seiner Breite, Höhe und Tiefe und das materielle Universum in seiner Dimensionalität uns Geheimnis bleibt.

IX

Jonas überraschte mich, als er an einem Sonntag in Begleitung eines Jünglings bei uns auftauchte. Tanja fütterte gerade Martina und wir beratschlagten, wie wir das Zimmer für Martina einrichten sollten. Der Begleiter von Jonas war von schöner Gestalt. Sein Wesen war freundlich und zuvorkommend. Das Verhalten beider verriet alles. Sie suchten zueinander die Nähe und betatschelten sich heimlich. Sie lachten sich mit den Augen zu und wenn sie miteinander sprachen, bekam ihre Stimme einen zärtlichen Klang.
Jonas bat mich um ein Gespräch unter vier Augen. Wir schlenderten durch die Heide zu einem kleinen Binnensee. Vor uns lag die stille Wasserfläche, sie glänzte im Sonnenlicht des Abends. Kleine Wellen küssten munter und keck den Sandstrand, ein sanfter Wind kräuselte das Wasser. Jonas kam auf sein Anliegen zu sprechen. Er schien mir sehr bewegt zu sein.

„Frieder, ich habe einiges zu gestehen. Ich liebe diesen Jungen, er heißt Felix. Als ich in der Pubertät merkte, dass mich Mädchen abstoßen, habe ich mir vorgenommen, darüber zu schweigen. Ich hoffte, dass ich eines Tages ein Mann bin wie jeder andere. Dass ich Frauen lieben und mich mit ihnen vereinigen kann. Mit ihnen Kinder zeuge und eine Familie gründe.
Vergeblich. Frauen sind mir in sexueller Hinsicht widerlich. Ich habe mit meinem Schicksal gehadert. Dann haben wir Tanja getroffen. Sie wollte mich verführen. Ich konnte das verhindern, aber ich beschloss, sie zu heiraten, um mir den Anstrich von Normalität zu geben. Der Tauschwert für ihre Jugend, Schönheit und Zukunftserwartung war Geld an ihre Mutter. Sie hat bei mir sehr gelitten. Ich glaubte, dass unser verrücktes Dreierarrangement ihre Not lindern würde. Als sie von Dir schwanger wurde, war ich darüber sehr froh. Sie hatte nun eine Lebensaufgabe. Auf dem Elbufer habe ich bewusst den Streit mit Dir herbeigeführt, um aus unserer unmöglichen Situation aussteigen zu können. Von Frau Schill erfuhr ich, dass Du und Tanja sehr glücklich seid. Sie hat mir verschwiegen, dass Du glaubtest, ich

sei in der Elbe ertrunken. In London werde ich mich von Tanja scheiden lassen. Geld macht alles möglich. Tanja ist frei."
Jonas atmete tief durch und fuhr fort. Ich unterbrach ihn nicht:
„In London lernte ich Felix bei einem Pferderennen kennen. Wir wechselten einige belanglose Worte. Gegen meinen Willen erfasste mich dabei ein Sturm der Gefühle. Ich fühlte mich übermächtig von Felix angezogen. Ich bin überzeugt, dass der Mensch nur einmal in seinem Leben so glühend von Erotik und Leiblichkeit ergriffen werden kann wie ich damals. Das war der Moment, in dem ich zu mir gefunden und mich zu mir bekannt habe. Ich war zuvor vor mir selbst geflohen, habe mich verachtet und mich minderwertig gefühlt. Mit Geld habe ich mich überlegen gemacht und mich doch unterlegen gefühlt. Das ist vorbei. Felix und ich werden in Bälde heiraten. Hat nicht jeder Mensch das Recht zu lieben? Oder verbietet mir das Dein Gott?"
Jonas biss sich auf die Lippen. Seine Augen wanderten in die Ferne. Ich nahm ihn in meine Arme und drückte ihn fest an mich.
„Nein, Er verbietet es nicht, Er verbietet es

wirklich nicht."

Nachdem wir uns gelöst hatten, fügte ich hinzu:

„Dafür kenne ich Ihn zu gut. Ob Du es glaubst oder nicht, ich war bei Ihm, dem Allmächtigen. Er schreibt uns nicht vor, wen wir zu lieben haben."

Wir gingen langsam zurück. Die anfängliche Fremdheit und Verlegenheit zwischen uns war wie weggeblasen und so fragte ich ohne Umschweife:

„Und er, liebt er Dich?"

Jonas scheute.

„Nun ja, irgendwie schon. Er ist sehr viel jünger als ich, ist oft vulgär und obszön. Er beansprucht für sich unbegrenzte Freiheit und er mag mein Geld. Er hat noch nie gearbeitet und sich als call boy durchs Leben geschlagen. Er lebt für das Vergnügen. Ich bin mir nicht sicher, was er mehr liebt. Mich oder mein Geld. Bin ich in seiner Nähe, so zittere ich vor Erregung. Ich bin ihm dann hörig. Er kann fordern, was er will, ich erfülle ihm jeden Wunsch. Tue ich es nicht, schmollt er, weist mich zurück und ich versinke in Angst, er könnte mich verlassen."

Ich stutzte.

„Und warum seid ihr zu mir gekommen?"
„Ich will Deinen Ratschlag. Soll ich ihn ehelichen? Heirate ich ihn nicht, wird er mich verlassen. Heiraten wir, bin ich früher oder später ein armer Mann."
Jonas schaute mich bittend an.
„Hilf mir, was soll ich nur machen? Gleich, wofür ich mich entscheide, beschwöre ich mein Unglück herauf."
Ich warf ein.
„Oder Dein Glück!"
Da jubelte es aus ihm heraus.
„Ich wusste es, ja, ich wusste es, dass Du mir den Weg ebnest und mir den Himmel öffnest. Ich werde ihn heiraten, ihm die Hälfte meines Vermögens überschreiben. Das wird ihn dankbar machen und ihn an mich binden. Wir werden die Welt bereisen und am schönsten Ort der Erde unser Liebesnest bauen. Oh mein Freund, Du hast mir alle Last von der Seele genommen."
Jonas war betäubt, überwältigt und hingerissen in seiner Traumverlorenheit. Ich sah, dass ihm gut und leicht ums Herz war, wie er bereits die Wärme des Körpers seines Freundes spürte und sich beide die Erfüllung ihres Fleisches schenk-

ten. Ich schritt mit gesenktem Haupt und fassungslos neben ihn her und hatte schwere Gedanken. Seine Interpretation meiner Worte entgeisterte mich. Er hatte mich unbewusst falsch verstanden und meinen Einwurf seinem Wunsch entsprechend gedeutet. Er war reich. Geld ist für die meisten Menschen der Zauberstab, mit dem man sich Macht, Sex und das Erdenparadies mühelos zueignen kann. Der Reiche ist deshalb stets umgeben von Jägern, Intriganten und Ideologen, die aus Gier, Neid oder Missgunst ihm seinen Reichtum abjagen, abschwindeln, stehlen oder gewaltsam wegnehmen wollen. Gehörte Felix zu diesen Geiern? Nun, die Stunde der Wahrheit hatte noch nicht geschlagen und ich beschloss, bei Gelegenheit mit Jonas über dieses Problem ernsthaft zu sprechen.

Zum Geburtstag von Martina hatten wir Frau Schill, Jonas und Felix, Bekannte und Freunde eingeladen. Wir saßen um den großen Tisch im Wohnzimmer, aßen und tanken und waren guter Dinge. Man unterhielt sich über Kindererziehung, Gesundheitsfragen, Gartengestaltung, die merkwürdigen Nachbarn, die neueste Mode, die besten Weine und anderes. Ich verfolgte zunächst das Gespräch mit einigem Interesse, sah die satte Zufriedenheit, die träge Behaglichkeit, die friedfertige Zucht des Durchschnittlichen und fühlte mich zunehmend gelangweilt. In solcher Gestimmtheit gab ich mich eigenen Gedanken hin.

So sind wir Menschen. Genießen die heitere Stimmung des Augenblicks und erbeben vor dem dunklen Schauer aus den fernen Seelentiefen. Leben wir, um zu fürchten und dann wieder zu lieben? Oder leben wir für ein Ideal, das wir doch nie erreichen? Oder begnügen wir uns mit der simplen Wahrheit, dass wir alle sterben müssen? Eine solche Geisteshaltung macht unser Leben flach und dumm. Oder leben wir nach dem Tode weiter in Dimensionen, die unserem Wissen entzogen sind? Diesen Vorstellungen hingegeben, schlief ich ein. Ich erblickte lebhaft Jonas und Felix, wie sie in einem wunderschönen Garten auf dem Rasen tanzten. Lodernde Büsche und grellbunte Blumen umgaben sie. Sie hielten sich eng umschlungen, warfen sich verliebte Blicke zu und näherten sich mit sanften Bewegungen einander. Sie gaben, was sie zu geben und nahmen, was sie zu nehmen vermochten. Liebe, Glück, Fleischeslust. Doch dann trat eine Frau aus dem Gebüsch, sie war maskiert. Sie hielt einen Korb in der Hand. Die Musik brach ab, alles erstarrte. Die weibliche Gestalt schlug ein Tuch zurück, das über den Korb gelegt war. Und plötzlich verwelkten Blüte um Blüte, der grüne Rasen wurde zum schwarzen Sumpf, Zaubervögel krächzten im Gezweig und Schlangen schlängelten sich aus dem Korb. Sie züngelten gierig und näherten sich dem Paare. Die Beiden blieben wie verwurzelt stehen. Ich schrie, Jonas, Felix, lauft fort von diesem verfluchten Ort. Man rüttelte mich wach, ich kam zu mir. Wo war ich, zu Hause, in der Praxis? Da lachten meine Gäste und ich verstand, dass ich geschlafen, geträumt und gesprochen hatte. Tanja nahm mich zart und liebevoll in den Arm und entschuldigte mich vor den anderen:

„Er ist übermüdet, er arbeitet zu viel."

Wohl um von der peinlichen Situation abzulenken, fragte sie Jonas, wo er Felix kennengelernt hatte. Jonas erzählte mit Charme und Witz, wie es seine Art war:

„Ich will mich kurz fassen, um Euch nicht zu

langweilen. Ich befand mich in Nordamerika in der Nähe der Cape Hatteras. Der Frühling war nahe und ich wollte noch unbedingt Eisbären beim Fischfang in freier Natur beobachten. Man warnte mich, doch ich schlug alle Warnungen in den Wind. Das Meer war zugefroren. Ich fuhr eine weite Strecke mit dem Motorschlitten bis zum brüchigen Eis. Von dort sprang ich von Eisscholle zu Eisscholle, die von Norden angetrieben und von den Bären als Gefährt benutzt wurden. Der Nordwind blies starken Schneefall vor sich her. Die Sicht war schlecht. Plötzlich stand ein Bär vor mir. Er richtete sich in seiner ganzen Größe von zweieinhalb Metern auf, riss das Maul auf, stieß furchterregende, urige Laute aus und kam auf mich zu. Ich flüchtete in panischen Schrecken, übersah ein Wasserloch und stürzte in das Meer. Das Wasser hatte wohl eine Temperatur von minus zwanzig Grad Celsius. Noch ehe ich mich versah, fror meine Kleidung zu Eis. Ich konnte mich nicht mehr bewegen. Die Eisschicht um meinen Körper wurde immer dicker und bald ummantelte mich das gefrorene Wasser. Aber ich überlebte, wie Ihr seht. Denn wie in einem Iglu schmolz das Eis wenige Zentimeter durch meine Körperwärme, sodass sich ein kleiner, warmer Lebensraum bildete, in dem ich mich auch etwas bewegen konnte. Ich hatte nichts zu essen, meinen Durst löschte ich, indem ich die eisigen Wände ableckte. Zweidrittel meines Körpers trieben unter Wasser, Eindrittel über Wasser. Ich konnte durch die trüben Eisschichten nur unklar die Außenwelt erkennen und sah nur Wasser und gelegentlich Eisberge. Ich schwamm in einem gläsernen Sarg, mal auf dem Kamm einer Welle, mal in der Tiefe eines Wellentals. Ich hielt Zwiegespräch mit mir und war schockiert über meine Unwissenheit über mich selbst. Ja, wer sein Ende unmittelbar auf sich zukommen sieht, denkt über sein Leben nach und findet zum Glauben, der ihm Trost und Hoffnung gibt. Nach zehn Tagen, meine Uhr war intakt geblieben, hellten sich die Eisscheiben auf. Ich begriff, dass der Golfstrom seine Richtung geändert hatte und nun südwärts floss. Mich erfasste Angst. Was, wenn das Eis weiter schmilzt und mich in der Wasserwüste aussetzt? Nach zwei weiteren Tagen des Bangens entdeckte ich in großer Ferne ein Schiff. Es kam näher und näher, ich flehte, lieber Gott, gib der Besatzung scharfe Augen, damit sie mich entdecken. Sie entdeckten mich und hievten mich mit einem Kran aufs Achterdeck. Es war ein Ausflugsschiff zu den norwegischen Fjorden. Die Passagiere umzingelten und bestaunten mich. Ich lag hilflos und ohnmächtig im Eis auf den Planken. Vor mir stand ein junger Mann gebückt mit aufgerissenen und ungläubigen Augen. Auf einmal huschte über sein Gesicht begreifendes Verstehen. Er ergriff einen Hammer, zerschlug das Eis mit kräftigen Schlägen und befreite mich aus meinem Gefängnis. Er erschien mir wie Apoll. Jung, strahlend und kraftvoll. Ein Gott des Lichts, des Frühlings und der Schönheit. Er befreite mich aus der Einsamkeit und der Todesnähe. Es war Felix. Nun weißt Du, liebe Tanja, wie ich ihn kennengelernt habe."

Unsere Gäste zeigten sich amüsiert. Ich aber konnte mich nicht enthalten zu bemerken:

„Bei der Gelegenheit darf ich ein Geheimnis verraten. Jonas und Felix werden demnächst heiraten."

Die allgemeine Überraschung war groß. Man sprach durcheinander, tuschelte und flüsterte sich boshafte Bemerkungen ins Ohr. Wir stießen auf das Wohl des Paares an und ließen es hoch leben. Mein Blick fiel dabei auf Frau Schill. Ihre Gesichtszüge waren für Momente verzerrt, ihr Gesicht erblasste, Entsetzen spiegelte sich in ihren Augen. Ich kombinierte, dass sie sofort begriffen hatte, dass sie die großzügige Geldzuwendung von ihrem Schwiegersohn mit dieser Heirat verlieren würde. Der segenspendende Regen würde versiegen, die Zeit der Dürre anbrechen und sie in die materielle Bescheidenheit ihrer Vergangenheit zurückwerfen. Ihr momentaner, unkontrollierter Gesichtsausdruck verriet mir, dass die Aussicht, in Bälde wieder mit jedem Euro rechnen zu müssen, sich ihr wie ein Mühlenstein um den Hals gelegt und sie zutiefst getroffen hatte. Aber sie fand schnell zu ihrer Fassade zurück. Sie lächelte gequält und klatschte Beifall. Was ging in ihrem Kopfe vor? Ich deutete damals ihren Ausdruck als unzeitgemäße Einstellung, nach der gleichgeschlechtliche Liebe gegen natürliche Gegebenheiten verstößt und eine soziale Schande ist. Weiter zu denken verbot mir mein Gewissen.

Wenige Tage später rief mich Jonas an. Felix sei

erkrankt und liege im Bett. Er bat mich, die Behandlung von Felix zu übernehmen. Er selbst müsse aus geschäftlichen Gründen nach Tokio fliegen. Ich fuhr sofort in die Wohnung von Jonas nach Hamburg. Felix befand sich im Bett, klagte über Übelkeit und starke Leibschmerzen. Er wirkte müde und matt. Ich untersuchte ihn körperlich. Sein Puls war leicht erhöht, ansonsten stellte ich keine abweichenden Befunde fest. Ich diagnostizierte eine Magen-Darm-Infektion, verordnete Antibiotika und Bettruhe. Am nächsten Tag hatte sich sein Zustand gebessert. Er wirkte spontaner und vitaler und berichtete, dass Frau Schill sich rührend um ihn kümmere. Sie suche ihn täglich zweimal auf, koche ihm seine Lieblingsspeisen und füttere ihn. Am dritten Krankheitstage hatte sich sein Zustand verschlechtert, am vierten Tage verbessert. Das Auf und Ab ging über vierzehn Tage, die Tendenz zum allmählichen körperlichen Verfall mit Bewegungsstörungen bei Felix war nicht zu übersehen. Bei meinen täglichen Visiten traf ich in der Regel Frau Schill an. Erschien ich, verließ sie den Kranken und mied das Gespräch mit mir. Felix berichtete mir, wie liebevoll und behutsam sie ihn betreue und sehr lange bei ihm bleibe. Sie schließe und öffne die Türen geräuschlos, um ihn nicht zu wecken. Sie setze sich neben sein Lager und er fühle durch seine geschlossenen Augen ihren sorgenvollen Blick auf sich gerichtet. Ihre Hand streife oft über die Decke, ruhig und behutsam. Sie erkundige sich stets nach seinem Befinden, gebe ihm zu trinken und bestehe darauf, dass er Nahrung zu sich nehme. Ihre mütterliche Umsicht empfinde er wie eine weiche, zärtliche und innige Melodie, die ihn an seine früh verstorbene Mutter erinnere. Er vertraue der Frau Schill wie keinem zweiten Menschen und habe ihr von der ersten Begegnung mit Jonas erzählt. Die sinnliche Ausstrahlung von Jonas hätten ihn hypnotisiert. Er habe sich der Wirklichkeit entrückt gefühlt und wähnte, in seiner Gegenwart in sonnige Höhen getragen zu werden. Auf Jonas´ baldige Frage habe er ohne Scham bekannt: Ja ‚ich liebe dich, ich habe sonst niemanden als dich auf dieser Welt. Frau Schill habe ihn verstanden, ihn in die Arme genommen und ihm Glück in alle Ewigkeit gewünscht.

Als sich der Gesundheitszustand von Felix

bedrohlich verschlechterte, regte ich seine Verlegung in ein Krankenhaus an. Die behandelnden Kollegen konnten die Symptome diagnostisch nicht einordnen. Drei Tage später wurde ich benachrichtigt, dass Felix verstorben sei.

Bei meinem letzten Besuch im Krankenhaus hatte er Atemnot, sprach verworren und unverständlich, nestelte an der Bettwäsche und war nur noch zeitweise ansprechbar. Er klagte über Schmerzen, konnte sie aber nicht orten. Es war ein warmer Frühlingstag. Ich öffnete das Fenster seines Krankenzimmers. Der leichte Luftzug brachte Frische in das Zimmer und bauschte die Gardinen leicht auf. Ich stand vor dem Fenster, schaute in den Klinikpark und sah dem vergnügten Treiben der Vögel zu. Es war Paarungszeit. Ich war mir sicher, dass Felix sterben würde. Aber woran? Ich überlegte und fand keine medizinische Antwort darauf.

Jonas zerbrach am Tode seines Geliebten. Er hielt sich von allen Menschen fern, alle Dinge des täglichen Lebens mussten für ihn erledigt werden. Seine Bewegungen und seine Sprache waren verlangsamt, er vernachlässigte seine äußere Erscheinung, schien zu einem zusammenhängenden Gespräch nicht fähig. Er grübelte vor sich hin, fand sein Leben sinnlos, hielt sich selbst für wertlos und zog sich von allen sozialen Aktivitäten und Verpflichtungen zurück.

Nach der Beerdigung versammelten sich die wenigen Trauergäste in einem Lokal. Ich setzte mich zu Jonas an einen Tisch. Ich aß Schnittchen und trank ein Glas Wein. Jonas starrte auf das weiße Tischtuch und hielt den Kopf gesenkt. Seiner Brust entrang sich ein Seufzer. Er murmelte:

„Warum, warum?"

Dann hob er den Kopf, schaute mich aufdringlich und unbewegt an und fragte:

„Was habe ich getan? Will Gott nicht die Liebe zwischen Männern? Ist das Gottes Strafe?"

Ich schüttelte verneinend den Kopf.

„Nein, so etwas darfst Du nicht denken. Es gibt auf Dein Warum keine befriedigende Antwort. Der Sinn des uns zugemuteten Leidens liegt vielleicht darin, dass wir für die Nöte unseres Nächsten sensibler und empfänglicher werden und sich unser Bewusstsein zu mehr Menschlichkeit entwickeln soll. Wer Leid erfahren hat, der weiß, was Armut, Verzweiflung und Angst, was der Verlust eines geliebten Menschen bedeuten. Er versteht und hilft."

Jonas konnte meine Gedanken offenbar nicht nach-vollziehen. Er starrte in die Leere, erhob sich und verließ ohne Gruß die Trauergäste. Ich litt mit ihm. Sein Kummer war so offenbar, dass sich mir das Herz umdrehte. Ich schaute ihm nach, wie er aus dem Dunkel des Restaurants in die gleißende Helle des Tages trat und dort in den flimmernden Sonnenstrahlen nur noch als Schattenumriss von mir aus zu sehen war.

Ich rätselte noch Tage über den plötzlichen Tod von Felix, als mich die Haushälterin von Jonas an einem Nachmittag anrief. Sie sprach hektisch und war in Tränen aufgelöst.

„Herr Doktor, kommen Sie. Nach dem Tod von Felix hat sich der Herr Konsul verändert. Er spricht nicht, isst wenig, geht nicht aus dem Haus und weist alle Besucher ab. Nur Frau Schill empfängt er, sie ist vor wenigen Minuten gegangen. Er ist plötzlich umgefallen, er stöhnt und schreit vor Schmerzen. Er hat unter sich gelassen und atmet schwer. Kommen Sie, bitte, kommen Sie, was soll ich nur machen!"

Ich sprang auf, verließ ohne Erklärung meine Praxis und raste nach Hamburg. Die Haushälterin erwartete mich am ganzen Körper zitternd an der Wohnungstür, wies mir heulend den Weg und ich stürmte in Jonas Arbeitszimmer. Jonas lag auf dem Fußboden. Er atmete stoßweise. Die Pupillen reagierten, aber er war nicht ansprechbar. Der Blutdruck war extrem erhöht, der Puls lag bei 160 pro Minute. Sein Herzschlag war arhythmisch. Ich lagerte ihn seitlich, brüllte zur Haushälterin, sie solle den Notfallwagen anfordern.

Jonas öffnete die Augen, lächelte ein wenig und fragte, was denn los sei. Ich wollte von ihm wissen, ob er Tabletten oder Nahrung zu sich genommen habe. Er verstand mich nicht. Ich musste die Frage wiederholen. Er hob mühselig den rechten Arm und zeigte auf ein Beistelltischchen.

„Sie hat mir die Pilzsuppe gebracht."

Es waren seine letzten Worte. Er atmete tief ein und dann aus. Seine Augen brachen und sein Körper verlor alle Spannung. Ich legte das Stethoskop an, um den Herzschlag zu überprüfen. Sein Herz hatte aufgehört zu schlagen.

Auf dem Totenschein vermerke ich: Unklare Todesursache, vermutlich Fremdeinwirkung. Ich informierte die Kriminalpolizei, regte an, Reste der Pilzsuppe zu beschlagnahmen und toxikologisch untersuchen zu lassen.
Die Autopsie der Leiche ließ keine Rückschlüsse auf die Todesursache von Jonas zu, mit der toxikologischen Analyse konnte die Einnahme von Pilzgiften, wie ich vermutet hatte, bei Jonas nicht nachgewiesen werden. Seine Leiche wurde zur Beerdigung von der Staatsanwaltschaft frei gegeben. Die Beisetzung von Jonas fand im kleinsten Bekannten- und Freundeskreise statt. Auf allen Gesichtern der Trauernden zeichneten sich Rat-losigkeit und Betroffenheit ab. Ich warf einen Blick auf Frau Schill, tat es intuitiv, hatte ein ungutes Gefühl, ohne konkrete Verdachtsmomente zu haben. Sie schluchzte, weinte, klagte, wimmerte laut und vernehmlich, ihren besten Freund, ihren Vertrauten, ihren Ersatzsohn verloren zu haben. Ich fühlte, dass sie heuchelt und wurde die Vorstellung nicht los, dass sie nach meinem Selbstmordversuch wohl ein ähnliches Schauspiel inszeniert hatte.
Bereits nach einer Woche wurden einige An-

verwandte von Jonas, Tanja und Frau Schill von einem Notar zur Testamentseröffnung des Verstorbenen geladen. Der Notar erörterte zunächst umständlich die rechtliche Bedeutung eines Testaments und welche Formalitäten dabei einzuhalten seien. Das Testament sei erst vor einer Woche abgefasst und notariell beurkundet worden. Im vorliegenden Fall seien alle Gesetzesvorgaben akribisch eingehalten worden, es gehe schließlich um ein mehrfaches Millionenerbe. Die Anwesenen hörten geduldig zu, nur Frau Schill rückte auf ihrem Stuhl ungeduldig hin und her, blickte forschend um sich und konnte ihre Erwartungsspannung nur mit Mühe unterdrücken.

Der Notar öffnete langsam und bedächtig ein Kuvert, entnahm ihm die Urkunde, stellte dessen Rechtmäßigkeit fest, überflog den Schriftsatz und schaute prüfend in die Runde. Dann las er laut und akzentuiert vor:

„Ich, Jonatan Dampf, Konsul der Bundesrepublik Deutschland, vermache hiermit mein gesamtes Vermögen meiner Ehefrau Tanja, geborene Schill und meiner Tochter Martina. Aus dem Vermögen soll Frau Anja Schill eine monat-

liche Apanage von Euro viertausend erhalten."
Der Notar hatte noch nicht ausgesprochen, da schnellte Frau Schill von ihrem Stuhl hoch und schrie laut und schrill mit sich überschlagender Stimme:
„Ja, ja, ja, Jonas, mein Jonas, ich danke dir!"
Der Notar bat mit ruhiger Stimme:
„Bitte, setzen Sie sich, damit ich die Verlesung des Testaments fortsetzen kann...Ich fahre fort: Voraussetzung hierfür ist, dass ich bis zu meinem Tode noch mit Tanja Dampf, geborene Schill, verheiratet bin oder keine neue Ehe eingegangen bin und durch ein DNA-Gutachten bewiesen wird, dass ich der biologische Vater von Martina bin oder ihr biologischer Vater bereits verstorben ist. Andernfalls fällt mein gesamtes Vermögen an meine Herkunftsfamilie... Und dann folgt die eigenhändige Unterschrift des Erblassers und die notarielle Beglaubigung."

Im Raum machte sich für Sekunden Totenstille breit. Keiner erfasste sofort den Bedeutungsgehalt der einschränkenden Klauseln im Testament, die überaus kompliziert und schwer verständlich abgefasst waren. Für mich fügten sich die Bausteine blitzartig zu einem Ganzen zusammen. Jonas war der einzige, der Frau Schill durchschaut und für den Fall der Fälle mit einer Neufassung seines Testaments vorgesorgt hatte. Es war seine Rache aus dem Grab heraus. Er wusste, dass sie für Geld zu allem bereit war. Darin glich er ihr und sie ihm. Er hatte sie mitten ins Herz getroffen. Auch Frau Schill hatte die Tragweite des geänderten Testaments sofort begriffen. Erneut fuhr sie von ihrem Stuhl hoch, stieß einen gurgelnden, dumpfen und markerschütternden Laut aus und fiel bleiern auf die Erde. Noch während ich mit den ersten Notfallmaßnahmen beschäftigt war und die Anwesenden meine ärztlichen Bemühungen bleich, still und reglos im Stehen verfolgten, wurde die Tür aufgerissen. Zwei Männer traten ein und fragten laut in das Schweigen hinein:

„Kriminalpolizei. Wer ist Frau Schill?"

Ich zeigte auf die auf dem Boden Liegende.

„Das ist Frau Schill, sie ist soeben an einem Sekundentod verstorben."

Kommissar Trauer erkannte mich. Er trat zu mir, neigte sich zu mir und flüsterte in mein Ohr:

„Die toxikologische Untersuchung und die

erneute Autopsie der exhumierten Leichen haben ergeben, dass Felix und Jonas mit Arsen vergiftet wurden. In der Wohnung von Frau Schill haben wir ein Fläschchen mit Resten von Arsen gefunden. Wissen Sie, warum sie es getan hat?"

Ich wich seiner Frage aus.

„Herr Kommissar, zwischen Himmel und Erde gibt es Dinge..."

Er unterbrach mich unwirsch.

„Ist ja richtig, aber warum hat sie es getan?"

Ich überlegte kurz und raunte ihm zu:

„Nun, sie war vergiftet vom Geld, wie ich verzaubert bin von der Liebe. Und Sie, welchem Zauber erliegen Sie?"

Er blickte mich erstaunt an, er hatte eine solche Gegenfrage nicht erwartet. Und er gab mir eine Antwort, die ich von ihm auch nicht erwartet hatte:

„Die Geschichte des Geldes, der Liebe und des Anspruchs auf die alleinige Wahrheit ist die Geschichte des Irrtums, der Lüge und des Mordens. Geben Sie acht, dass Sie sich in diesem Dschungel nicht nochmals verirren."

Ich antwortete ihm ohne zu überlegen und vergaß

dabei die Konvention:

„Mein Freund, es ist das Menschlichste des Menschen, sich im dunkel gelegenen Dickicht nicht zurechtzufinden. Darüber hinaus gibt es einen blinden Fleck in der Seele des Menschen, der den Sinn des gerade Erlebten uns nicht erkennen lässt. Nichts ist uns allen so fremd und abgründig wie der unbewusst gewollte und im Geheimen hassvoll gedachte, und zuschlagende Hieb des günstigen Augenblicks, der unseren Gegner vernichtet, aber auch bei Misslingen uns selbst fällen kann, was wir dann allzu gern als Schicksalsschlag beklagen. Und vergessen Sie nicht: Jede Gier verlangt unerbittlich nach seiner Befriedigung. Man dürstet und dürstet, verzehrt sich wie eine Flamme und wird nicht satt. Und weil der Mensch nur die Moral hat, die seiner inneren Kraft entspricht, wird die böse Tat für ihn oft die beste von allen Möglichkeiten."

Der Schwesternmord

I

Es war nicht nur ein schönes Fest, es war ein großes Fest. Im Saal des Dorfhauses von Seher hatten sich etwa achtzig Männer, Frauen und Kinder eingefunden, um die Hochzeit von Mehmet zu feiern. Der Imam hatte das Brautpaar gesegnet und eindringlich mit weisen und frommen Worten die Gäste ermahnt, sich an die Gebote Allahs - gepriesen sei sein Name und gepriesen sei Mohammed, sein Prophet - in allen Lebenslagen zu halten.

„Allah ist mächtig und barmherzig, er heißt jeden Gläubigen willkommen und lehrt ihn durch die Offenbarung des Propheten, den Weg des Gerechten zu gehen, den Sinn des Lebens zu finden und Frieden zu stiften. Allah, der Gerechte und Allwissende, weiß voraus, wie Euer und des Paares Leben verlaufen wird, darum fallt nieder und bittet um seine Gnade."

Die Anwesenden ließen sich nieder, beugten ihr Haupt, hörten die Worte des Allmächtigen und riefen einstimmig: Allah akbar. Sie erhoben sich danach, gratulierten den frisch Vermählten und überreichten ihnen ihre Geschenke, meistens Geld.

Halit Öztürk, der Vater des Bräutigams, saß leicht erhöht auf einem Podest und unter ihm die jungen Eheleute. Rechts von ihm hatten sich die Frauen und Kinder versammelt, links die Männer. Das Festmahl wurde eröffnet. Halit schaute in die Runde. Er besaß einige Felder und Wiesen, einige Schafe und Ziegen und baute vor allem Gemüse an, das er in der naheliegenden Kleinstadt Tirebolu am Schwarzen Meer in Ostanatolien verkaufte. Er war ein ruhiger, besonnener Mann, hatte nur eine Frau, obwohl sein Einkommen auch für eine zweite Frau sicher gereicht hätte, und hatte mit ihr fünf Kinder. Er stellte fest, dass alle Anverwandten, die nächsten Nachbarn und die reichsten Bauern anwesend waren. Es befriedigte ihn zutiefst. Trotz des schrecklichen Vorfalles bezeugte man ihm die zukommende Ehrerbietung und Achtung, um die er sich ständig bemüht hatte. Er führte einen untadeligen Lebenswandel, zweifelte nie daran, dass Allah der einzige Gott und Mohammed sein

Prophet ist und hielt sich an die fünf Glaubensgebote. Betete täglich, fastete zur vorgeschriebenen Zeit, war einmal zur Hadsch nach Mekka gereist, zahlte die Armensteuer, nahm nur reine Speisen zu sich und war bereit, dem Aufruf zum Heiligen Krieg zu folgen.

Und doch hatte ihn ein schweres Schicksal ereilt, das seine jetzige Situation erklärte. Mehmet, der Bräutigam und zweitältester Sohn, sollte vor genau zwei Monaten wie üblich den gleichaltrigen Nachbarsohn Muso beim Schafehüten ablösen. Beide Familien hatten vereinbart, ihre Herden zusammen weiden zu lassen und die Aufsicht über die Schafe abwechselnd zu übernehmen. Als Mehmet zur grünen Matte kam, fehlte ein Schaf seiner Familie. Er stellte Muso zur Rede, der gab ihm eine dumme Antwort.

„Was willst Du von mir? Kannst Du nicht zählen? Es fehlt kein Schaf!"

Mehmet zählte nochmals durch.

„Es fehlt ein blau gefärbtes Schaf von uns. Muso, was ist passiert?"

„Es ist in den Himmel geflogen oder der Teufel hat es geholt. Was weiß ich. Du bist doch so klug, bring es zurück!"

„Das ist keine Antwort. Du warst nicht wachsam, komm, wir suchen nach ihm."

„Bin ich blöd? Jetzt ist Deine Hütezeit. Ich gehe." Muso drehte sich um und entfernte sich einige Meter. Er hatte sich heimlich mit einem Mädchen verabredet und wollte den vereinbarten Zeitpunkt einhalten. Mehmet nahm voller Zorn einen großen Stein, schleuderte ihn nach Muso und traf ihn an den Kopf. Der stürzte mit einem Schrei nieder und regte sich nicht mehr. Mehmet hatte ihn getötet. Es half kein Wehklagen und kein Weinen. Mehmet rannte außer sich zum Vater, schlotterte am ganze Körper und gestand schluchzend, was sich zugetragen hatte.

„Vater, ich wollte es nicht, glaube mir, ich wollte es nicht. Die Familie Güler wird sich rächen wollen, hilf mir, was sollen wir tun."

Vater Halil war, als stürze der Himmel über ihn ein. Welch ein Unglück, welch ein Fluch. Er wusste sofort, das war der Anfang einer unendlichen Familienfehde. Um der Familienehre willen würde jede Familie Zug um Zug töten müssen, zwischen den Familien Öztürk und Güler würde es über Generationen hinaus keinen Frieden mehr geben. Vater Halil, obwohl

Familienoberhaupt, eilte umgehend zu seinem Bruder und beriet sich mit ihm die ganze Nacht. Beide wussten, dass die Scharia, das geistliche Recht, die Blutrache verdammt. Doch in ihrem Herzen bejahten sie die alt hergebrachten Ehrbegriffe, wie sie ihnen von Vater und Großvater eingeprägt worden waren und seit alters her galten. Blut schreit nach Blut. Die Brüder tauschten ihre Gedanken aus, fanden keine Lösung für das fast unlösbare Problem und beschlossen, den Imam zu bitten, ihnen einen Weg zu weisen, der weiteres Blutvergießen verhindere. Der Imam hörte ihnen zu und verstand das Leid des Vaters. Er war alt, bedachte langsam und sprach seine Gedanken laut vor sich hin:

„Eure Familie hat das Ansehen der Familie Güler tief verletzt. Sie fühlen sich in ihrem Selbstwert und Ansehen erniedrigt….Sie haben das Bedürfnis, in einer gerechten Welt zu leben. Jeder soll bekommen, was er verdient. Jetzt ist für sie die Welt nicht mehr gerecht. Deshalb soll das geschehene Unrecht mit Strafe wieder ausgeglichen und Gerechtigkeit wieder hergestellt werden… Was ist in diesem Falle gerecht?..Was auch immer geschah, es ist Blut geflossen und eine Familie hat tiefes Herzeleid erfahren…. Manche Menschen sind drakonisch, andere milde gestimmt…Im Namen Allahs, des Allbarmherzigen. Lob und Preis sei ihm, dem Schöpfer Himmels und der Erden. Er erweist den Menschen Gnade und Gnade soll der Mensch dem Menschen erweisen. In der 85. Sure steht geschrieben, wer die rächende Strafe vollzieht, für den ist die Strafe der Hölle und des Verbrennens bestimmt…"

Er schaute zum Himmel auf und fuhr nach einer Weile in seiner Rede fort:

„Geht zu ihnen, bekennt Euch zu Eurer Schuld, bittet um Verzeihung und bietet Entschädigung an. Bedenkt, es war sein Sohn. Bleibt demütig und schuldbewusst."

Der Gang von Halil Öztürk zur Opferfamilie war schwer und sein Empfang frostig. Und doch bat Vater Güler Halil in seine Hütte. Die Familienoberhäupter saßen lange schweigend zusammen und kamen sich ohne Worte durch das gemeinsame Leid näher. Halil ergriff als erster das Wort, denn er war der Ältere.

„Noch tiefer als das Vieh sind bei Allah, dem Allbarmherzigen, die angesehen, welche taub und stumm und ohne Einsicht sind. Mein Sohn war dumm, war gereizt und voller Wut, aber nicht voller Hass. Der Satan hatte ihm sein Tun eingegeben. Ich bin sein Vater, bin schuldig, ihn nicht zu Bedacht erzogen zu haben."

„Mein Sohn war leichtsinnig und verantwortungslos. Und sicher auch beleidigend. Das ist mein Versagen. Aber ich weiß, Allah ist verzeihend und barmherzig."

Vater Güler nickte zustimmend und Halil kam zum schwersten Teil seiner Mission.

„Ich biete Dir ein Grundstück an, Geld, Gold, sage mir, was Dich befrieden und die Ehre Deiner Familie im neuen Glanze erstrahlen und die Schmach vergessen lassen würde. Ich weiß, Deine Wunde ist groß und wird nur schwer heilen. Doch wie anders kann ich Eure Tränen trocknen?"

„Oh Halil, wir beide bluten und müssen die Last der Kinder tragen. Lass uns erst Tee trinken, damit wir uns beruhigen und die Weisung Allahs bedenken, dass die Menschen sich selbst ins Verderben stürzen, die nicht glauben. Die aber glauben, handeln rechtschaffen und spornen sich gegenseitig zur Wahrheit, zur Barmherzigkeit und zur Geduld an."

Und so geschah es. Vater Halil wurde bewirtet und er dankte Allah im Stillen dafür.

Sein Gegenüber kam schließlich mit der Sprache heraus.

„Dir ist bekannt, dass ich eine Tochter habe, Ayse. Sie ist alt geworden, schon sechsundzwanzig Jahre und ohne Mann. Sie ist hübsch und hat einen gesunden Körper. Sie braucht einen Mann. Die unbefriedigten Triebe quälen sie und das macht sie unleidlich. Sie ist launisch, aufsässig und stört die Ordnung der Familie. Eine Heirat von Mehmet und Ayse würde unsere Rachsucht besänftigen und unseren Konflikt lösen. Es war ein Unglück und kein Verbrechen. Sieh Halil, wir tragen die Verantwortung für unsere Familien. Unsere Familien würden zusammen wachsen, der Friede im Dorfe wäre gesichert, das vergossene Blut würde nicht zum Himmel schreien. Unser Ansehen, Deines und meines, bliebe unbeschädigt, würde sogar wachsen. Wie stehst Du dazu?"

„Allah, der Allwissende und Allmächtige sei gepriesen, er hat Dir diesen Rat eingegeben. Ich stimme ihm freudig zu. Doch gib mir einen Tag

Zeit, die Vereinbarung in aller Öffentlichkeit zu verkünden. Ich habe mit meinem Bruder eine Bint Amm-Ehe (Vatersbrudertochter-Ehe) festgelegt, kurz nachdem die Kinder geboren waren. Mehmet sollte seine Cousine Rüstü heiraten. Nun ist sie vierzehn Jahre alt und im nächsten Jahr sollte die Hochzeit stattfinden. Mein Bruder wird einverstanden sein, dass Rüstü von ihrem Vorrecht zurücktritt. Dann steht der Ehe von Mehmet und Aysa nichts entgegen. Aysa soll aber nicht verschleudert werden. Ich werde ihr als Brautgeld fünfzehn Goldarmreifen, zwei Goldketten mit Diamanten und eine zwei Meter lange Goldkette schenken. Man wird ihr Hochachtung und Geltung im ganzen Dorfe zollen."
„Ich danke Dir, wir wollen in Zukunft und darüber hinaus Brüder sein."
Halil verabschiedete sich frohgemut.
„Unsere Familien sind ab jetzt die einflussreichsten im Dorfe. Wir haben das Chaos verhindert. Allah wird Dir Deine Großmütigkeit hoch anrechnen und möge Dir ein langes Leben schenken."
Zwei Tage nach diesem Heiratsvertrag machten sich Herr und Frau Öztürk mit Mehmet zum

Brautbesuch auf den Weg zum Hause Güler. Das Familienzimmer war festlich geschmückt. Die Männer begrüßten sich herzlich. Die Frauen legten ihre Burka ab, Frau Güler servierte Tee und Süßigkeiten und zog sich mit Frau Öztürk, wie es sich geziemt, in eine Ecke des Zimmers zurück, um das Gespräch der Männer nicht zu stören. Die unterhielten sich über das Wetter, über die Ernte, über die Preise ihrer landwirtschaftlichen Produkte, aber nicht mehr über das Unglück, das über die Familien gekommen war und sie nun zusammenführte. Mehmet saß gespannt und aufgeregt auf einem Stuhl. Seine Hände waren feucht und sein Herz klopfte wild. Nach einer geraumen Weile klatschte Vater Güler in die Hände. Aysa erschien in der Tür, die zu den Schlafräumen führte. Sie zögerte einen Augenblick, trat dann in das Zimmer ein und legte den Schleier ab, der ihr Gesicht bedeckt hatte. Ihr Gesicht war vor Aufregung errötet, ihre dunklen Augen blickten unsicher und erwartungsvoll auf Mehmet. Sie sah einen bartlosen, jünglingshaften Mann, der bei ihrem Erscheinen aufgestanden war und auf sie zuging. Aysa erschien ihm sehr hübsch. Sie war deutlich kleiner als er, war schlank und hatte üppige Brüste. Er ergriff ihre beiden Hände und sagte spontan und aus ehrlichem Herzen:

„Oh Aysa, wie schön bist Du!"

Aysa lachte verlegen und befreit, ihre Augen leuchteten auf und sie wandte sich ihrem Vater zu. Der lächelte, nickte zufrieden mit dem Kopf und stellte mit Stolz fest:

„Ja, es sind zwei wohlgeratene Kinder, erschaffen wie Adam und Eva im Paradies."

Und Vater Öztürk ergänzte feierlich:

„Aysa, Du bist nun in unsere Familie aufgenommen. Du bist das Emanet, das uns von Allah Anvertraute. Wir werden für Dich sorgen, Dich beschützen und Deine Ehre bis zum Tode verteidigen, wie es uns Allah für unsere Frauen und Töchter auferlegt hat. Allah hat den Menschen als Paar erschaffen, nicht als Individuum. Zweck der Ehe ist es, das Wohlwollen Allahs zu gewinnen durch Gottergebenheit, Gehorsamkeit, Wahrhaftigkeit, Demut, Keuschheit und Erhaltung der Art. Das ist unsere Lebensweise. Wer sich davon abwendet, gehört nicht zu uns. Ich bin überzeugt, Du wirst uns eine gute Tochter und wirst eine gute Ehefrau sein. Willkommen in unserer Familie."

Solch kluge Worte hatte Vater Öztürk noch nie gesprochen, es war fast wie eine Predikt des Imam. Sie bestätigte eindringlich, dass der islamische Glaube und die Familie zusammen gehören, eins und untrennbar miteinander verbunden sind. Die Anwesenden spürten den Hauch und die unsichtbare Gegenwart des Allmächtigen, Allwissenden und Allbarmherzigen, fielen nieder und beschworen, Allah akbar, so soll es sein.

II

Der Mujahedin rief zum Morgengebet. Sein langgezogener Ruf schwoll an und verebbte im Winde, der vom Meer her kam. Die Sonne tauchte die Berggipfel in ein sanftes Rot, auf dem Himmel wurde ein silbernes Band sichtbar, das sich bläulich färbte. Aysa trat aus dem Haus. Sie freute sich über den strahlenden Morgen, kniff die Augen zusammen und überlegte, ob das gute Wetter sich halten werde. Die Waldrebe duftete stark, der Springquell sprudelte aus der Erde und murmelte sein Lied. Aysa lief zur Quelle, um Wasser zu holen. Sie sputete sich, denn sie wollte pünktlich zum Morgengebet in der Moschee sein. Sie schreckte auf ihrem Weg einen kleinen, grünen Frosch auf, der vor ihr mit großen Sätzen flüchtete. Sie hatte den Krug gerade mit Wasser gefüllt, da wurde sie von hinten an den Hüften umfasst. Sie drehte sich um und blickte Mehmet in die schwarzen Augen. Er forderte:"Küss mich." Sie hob den Krug und goss das Wasser über ihn. Das kalte Wasser strömte wie ein klarer Bergkristall über seinen Kopf. Er zog sie an sich und presste seine Lippen auf die ihren. Eine alte Frau aus dem Dorfe stieg vom Hügel herunter und schleppte auf ihrem Rücken ein großes Bündel Reisig. Sie rief:

„Schämt Euch! Wie die streunenden Hunde von der Straße. War Euch die Nacht nicht lang genug?"

Mehmet flüsterte:

„Sie ist ein dummes Schaf. Komm, wir müssen uns beeilen."

Er nahm den Krug, schöpfte Wasser und füllte das Gefäß damit. Dann rannten beide

Hand in Hand juchzend ins Haus. Sie brachte ihr

wirres Haar in Ordnung und das glückliche Paar eilte zur Moschee.

Als die Gläubigen aus der Moschee kamen, hatte Halil bereits wie alltäglich sein Morgengebet gesprochen und mit der Familie gefrühstückt. Er saß auf dem Dach seines Hauses und teilte in Gedanken die Arbeit, die anstand, für seine Familie ein. Aysa sollte die Schafe melken, seine Frau die Hausarbeit erledigen. Die zwei jüngsten Kinder nach der Schule Hüteaufgaben übernehmen, der Ältere Holz schlagen und er und Mehmet eine Wiese mähen. Noch war etwas Zeit und er nutzte sie, um über das Leben und die Welt nachzudenken. Er liebte den Himmel und die Berge seiner Heimat, die ihm von Kindesbeinen an vertraut waren. Sie hatten sich nicht verändert, sie waren für ihn das Sinnbild von Treue und Beständigkeit. Er wusste, dass sie sehen und hören, was ringsum geschieht und teilen es dem Allmächtigen mit, der diese Ordnung weise und dauerhaft gefügt hat. Die Nacht, die dem Tage folgt, der Frühling, der den Winter verdrängt, das Grün, das Früchte bringt, das Leben, das im Wechsel von Geburt und Sterben pulsiert. Er hatte auch das Neue gesehen, die Hetze in der

Stadt. Er fürchtete und hasste sie. Es zerstört die Stille des Lebens, die Ruhe und den Frieden, die Harmonie der Schöpfung.

Er überlegte. Mehmet und Aysa hatten zueinander gefunden. Keinem blieb verborgen, dass sich beide verstanden und ineinander verliebt waren. Die Familie war in sich gefestigt. Als junger Mann war er nach Mekka zur Hadsch gefahren. Noch fühlte er sich kräftig, die Strapazen einer solchen Reise nochmals auf sich zu nehmen, obwohl ihm das Gliederreißen zeitweilig zu schaffen machte. Sollte er nicht jetzt die Hadsch antreten, um sich das Seelenheil zu sichern? Die Umstände waren günstig, doch in seinem Inneren nagte etwas, regte sich etwas Düsteres und warnte ihn.

Noch in seinen Gedanken versunken, näherten sich Pferde dem Dorf. Er konnte sie nicht sehen. Am Hufschlag unterschied Halil, dass es vier Pferde waren. Er erhob sich und hielt Ausschau. An einer Wegkreuzung tauchten die Reiter auf. Sie waren uniformiert und näherten sich im leichten Galopp seinem Gehöft. Halil verließ seinen Platz, rief den Frauen zu, dass Fremde kämen und sie alle Türen verriegeln sollten. Er

selbst holte seinen Karabiner aus dem Kasten, munitionierte ihn und versteckte ihn in einer Tonne. Er erwartete die Uniformierten vor seiner Haustier. Sie trafen zur gleichen Zeit ein, als Mehmet und Aysa frohgemut und heiter, wie es Verliebte sind, von der Moschee zurückkehrten. Halil begrüßte die Reiter nach alter Tradition mit Salem. Er erhielt keinen Gegengruß und wurde barsch befragt:
„Wir kommen von der Bezirkspolizei aus Zonduluk und sollen in einer Mordsache ermitteln, die hier geschehen ist. Bauer, was weißt Du davon?"
„Ich weiß nichts von einer Mordsache."
„Es soll einen Toten gegeben haben, er soll erschlagen worden sein. Wann war das?"
„Vor etwa drei Monaten gab es einen Unfall, falls Sie das meinen."
„Und wer war der Täter?"
„Das weiß ich nicht."
„Und was weißt Du?"
„Mein Sohn ist zur Bergwiese aufgestiegen, um den Mosul, meinen Schwiegersohn,
vom Schafehüten abzulösen. Er hat den Mosul tot aufgefunden, ein Schaf fehlte."
„Na, da haben wir Glück. Wie heißt Ihr Sohn und

wo befindet er sich?"

„Er heißt Mehmet und ist soeben von der Moschee gekommen. Er befindet sich im Haus."

„Worauf warten Sie? Holen Sie ihn!"

„Was wollt Ihr von ihm, die Sache ist erledigt."

„Wir müssen ihn vernehmen."

„Er ist von den Ältesten unseres Dorfes bereits gehört worden. Sie haben festgestellt, dass er ohne Schuld, nicht Täter, sondern Zeuge ist."

„Höre Alter. Nach dem Gesetz muss er von der Kriminalpolizei vernommen werden. Sie allein ist zuständig. Rufe ihn, denn sonst wäre es Widerstand gegen die Staatsgewalt. Also mache keine Faxen und hole ihn."

„Ihr könnt ihn hier vernehmen. Er ist Zeuge und ich brauche ihn für die Arbeit."

„Ich befehle Dir, hole ihn!"

Der Offizier stieg von seinem Pferd. Halil griff zu seinem Gewehr.

„Verschwindet. Eure Gesetze interessieren mich nicht!"

Der Offizier blieb ruhig.

„Bauer, mach keine Dummheiten. Es wird alles nach Recht und Ordnung zugehen."

In diesem Augenblick trat Mehmet aus der

Haustür.

„Vater, ich habe nichts zu befürchten. Ich stelle mich der Vernehmung."

Er schritt zum Offizier.

„Herr Offizier, Sie sind der Vertreter des Rechts. Ich vertraue Ihnen, gehen wir."

Halil rief ihm zu.

„Sohn, Du machst einen Fehler. Du kennst sie nicht, sie sind wie reißende Wölfe, sie werden Dich foltern, bis Du Deinen Verstand verlierst und Du gestehst, was sie in Dich hinein geprügelt haben."

„Vater, Du bist alt. Die Zeiten haben sich geändert. Glaube mir, mir wird kein Unrecht geschehen."

Der Offizier saß auf und gab den Befehl zum Abmarsch. Halil ließ sich resigniert auf die Eingangsstufe des Hauses nieder und schaute der Gruppe nach. Zwei Polizisten ritten voran, zwei folgten ihnen und in der Mitte ging Mehmet. Außerhalb der Sichtweite des Dorfes warfen sie Mehmet ein Seil um den Kopf und zogen es wie ein Lasso zu. Sie ritten im leichten Galopp und zerrten Mehmet mit sich. Mehmet war jung und sportlich. Er rannte um sein Leben. Sehr bald erlahmten seine Kräfte. Er keuchte, Schweiß rann über sein Gesicht. Seine Kehle presste sich zusammen und der Atem ging ihm aus. Er taumelte, stolperte und fiel, raffte sich auf und schrie, doch die Polizisten lachten nur.

„Spring nur, Ziegenböckchen, wirst in Deiner Zelle keine Gelegenheit mehr dazu haben."

Mehmet konnte nur noch trübe sehen, sodass die Umgebung um ihn herum verschwamm. Er hörte, wie sein Herz dumpf in seinem Hals schlug und vernahm das Rauschen des Blutes in seinen Ohren. Endlich hielten seine Peiniger an. Seine Kleider waren verschmutzt. Er sah Gesichter vor sich, die verschwanden und wieder erschienen. Er fiel auf die Erde, hörte, wie Menschen miteinander sprachen, ohne den Sinn ihres Gesprächs zu erfassen. Er fühlte, wie er unter den Armen aufgehoben wurde. Eine Eisentür klapperte, dann lag er auf Steinfliesen, die ihn kühlten Er kam langsam zu sich und hatte Durst. Stunden vergingen. Er musste seine Notdurft verrichten. Der Raum, in den sie ihn geworfen hatten, karg durch ein kleines Fenster belichtet, war dafür nicht hergerichtet. Er schiss in eine Ecke. Irgendwann wurde die Tür aufgeschlossen.

Ein Uniformierter erschien, hielt sich die Nase zu und näselte:

„Komm mit, Du Schwein."

Zu zweit führte man ihn durch Gänge in ein Zimmer, das mit einem Tisch und einem Stuhl möbliert war. Der Offizier, unter dessen Leitung er gefangengenommen worden war, trat ein und setzte sich auf den Stuhl hinter den Tisch. Er legte ein Blatt Papier und einen Kugelschreiber auf die Tischplatte und befahl:

„Unterschreibe, dass Du den Hütejungen umgebracht hast. Wenn Du mich lange aufhälst, kriegst Du eine in die Fresse."

Mehmet antwortete zaghaft:

„Herr Offizier, ich habe keinen umgebracht."

Der Offizier nickte den Bewachern zu. Die schlugen blitzartig und routiniert mit ihren Fäusten auf Mehmet ein, der zu Boden ging. Sie traten ihn mit den Stiefeln in den Leib. Mehmet schützte sein Gesicht mit den Händen, stieß bei jedem Tritt Schmerzenslaute aus und verlor sein Bewusstsein. Der Offizier befahl:

„Holt Wasser und macht ihn vernehmungsfähig."

Sie schütteten das Wasser über ihn aus. Mehmet öffnete die Augen und lallte:

„Möge Allah die Erde öffnen und Euch in die Hölle schicken."

Mit letzter Kraft riss er die Beine eines der Bewacher an sich, der zu Fall zu kam. Mehmet robbte sich zu ihm und wollte ihn würgen. Er erhielt vom anderen Bewacher einen Fußtritt gegen seinen Kopf, wurde davon gegen die Wand geschleudert und verlor erneut das Bewusstsein. Der Offizier schrie:

„Ihr Idioten, fort mit ihm!"

Er notierte in seine Akte:

„Kann nicht lesen und nicht schreiben. Hat die Tat gestanden."

Zwei Tage später wurde Mehmet mit einem Sammeltransport von Gefangenen nach Zondulak gebracht. Kapitaldelikte werden immer vor dem Bezirksgericht verhandelt. Noch am Ankunftstag wurde er dem Staatsanwalt vorgeführt. Das Gesicht von Mehmet war blau gefärbt, ein Auge war zugeschwollen, zwei Vorderzähne waren ausgeschlagen. Er konnte nur mühselig und mit Schmerzen atmen und nicht aufrecht im Stuhl sitzen. Der Staatsanwalt, ein älterer, grauhaariger Herr, betrachtete den Beschuldigten nachdenklich.

„Hat man Sie geschlagen?"

„Ja."

„Und warum?"

„Ich sollte ein Geständnis unterschreiben und habe es nicht getan."

Der gebrechliche Staatsanwalt schlurfte hinkend und schweren Schritten zu Mehmet und hob sein Hemd hoch. Der Oberkörper von Mehmet war übersät mit großflächigen Hämatomen. Er diktierte dem Gerichtsschreiber, dass der Beschuldigte umgehend in ein Krankenhaus zu verlegen sei, seine Bewachung sei nicht erforderlich. Im Krankenhaus diagnostizierte man bei Mehmet mehrere Rippenbrüche rechts- und linksseitig. Nach drei Monaten war Mehmet genesen. Er schrieb in dieser Zeit seinem Vater. Als Halil den Brief des Sohnes gelesen hatte, beriet er sich mit den Männern seiner Familie, was zu tun sei. Er fuhr nach Zondaluk, es war eine Tagesreise. Mehmet war guten Mutes. Das Verhalten des Staatsanwalts hatte in ihm Mut und Hoffnung erweckt, dass nun ordentlich ermittelt werde. Sein Vater blieb skeptisch.

„Ich werde einen Anwalt beauftragen, Dich zu verteidigen. Das haben wir in der Familie

beschlossen. Den Türken darf man nicht trauen. Sie haben es darauf angelegt,
unser kleines Volk zu vernichten."
Halil suchte einen Rechtsanwalt auf, der vornehmlich PKK-Kämpfer vor Gericht vertrat. Er schilderte dem Anwalt den Sachverhalt, der sich zunächst für andere Dinge zu interessieren schien.
„Herr Öztürk, Sie sind Sunnite?"
„Ja."
„Und gehören dem Stamm der Lazen an?"
„Ja."
„Nun, es heißt, dass die Lazen sehr starre Ehrbegriffe haben und sehr heißblütig sind."
„Wie kommen Sie darauf, es ist alles nur Gerede."
„Wenn ein Junge bei Ihnen in das Mannesalter kommt, gilt es als selbstverständlich, dass er stets eine Waffe trägt, um sich und die Ehre seiner Familie verteidigen zu können."
„Ist das nicht normal? Wer soll die Rechte der Familie beschützen, wenn nicht die Söhne?"
„Und was sind die Rechte der Familie?"
„Die Familie ist mehr als der Einzelne. Der Einzelne hat sich den Beschlüssen der Familie zu

beugen. Welche Geschäfte getätigt werden, wer wen heiratet, wie hoch das Brautgeld ist, wie Ehrverletzungen gesühnt und wie die Ehre unserer Frauen geschützt werden soll."

„Und wie verteidigt man das Eigentum der Familie?"

„Jeder Fall liegt anders!"

„Auch mit Blut?"

„Herr Anwalt, ich bin zu Ihnen gekommen, damit Sie meinen Sohn verteidigen und nicht, um mich nach den Sitten und Gebräuchen unseres Stammes befragen zu lassen. Mein Sohn wird beschuldigt, den Musa Güler getötet zu haben. Mein Sohn ist mit der Schwester von Musa verheiratet, wir sind eine Familie. Mein Sohn hat den Musa tot aufgefunden, als er ihn vom Schafe hüten ablösen wollte. Ein Schaf aus der Herde meiner Familie hat gefehlt. Der Schafdieb hat Musa umgebracht, um sich bereichern zu können. Mehmet und Musa waren Brüder. Man will uns etwas anhängen und warum? Man will uns klein kriegen, weil wir nur das Gottesrecht, das Schariat, und unser Recht, das Urf, anerkennen und nicht das europäische Recht."

„Ich verstehe, dass Sie sehr aufgeregt sind. Ich

will Sie nicht kränken, aber wenn ich verteidigen soll, muss ich alles wissen, was mit der Sache zu tun haben könnte. Ich übernehme die Verteidigung Ihres Sohnes. Für den gesamten Prozess berechne ich 2o ooo Lira, die Anzahlung beträgt 10000 Lira. Wenn Sie einverstanden sind, dann unterschreiben Sie bitte hier."
Die Anhörung von Mehmet durch einen jüngeren Staatsanwalt fand im Krankenhaus in Gegenwart des Anwalts statt. Eine Woche später erhielt Mehmet ein Schreiben, in dem ihm von der Staatsanwaltschaft mitgeteilt wurde, dass das Ermittlungsverfahren wegen Mangels an Beweisen eingestellt worden sei.

III

Mehmet war nun ein freier Mann, aber sein Vater hatte sich für ihn übermäßig verschuldet. Hatte Land verkauft und Grund und Boden der Familie belastet. Mehmet bemühte sich um Arbeit und wurde in Zondulak als Bergarbeiter angenommen. Er hatte zwar nur fünf Jahre die Schule besucht, erwarb sich aber durch Fleiß, Umsicht und Geschicklichkeit Anerkennung bei seinen Vorgesetzten und wurde zum Vorarbeiter befördert. Er wohnte in einem kleinen Zimmer in Zondulak, verpflegte sich selbst und fuhr vierteljährlich in sein Dorf für drei Tage. Er sparte eisern und konnte dennoch nur marginal die Schulden des Vaters abzahlen. Aysa schenkte ihm in acht Jahren vier Kinder, zwei Jungen und zwei Mädchen. Erdal, Elif, Ismail und Rüstü.

Mehmet war 32 Jahre alt und hatte zwölf Jahre im Kohlebergbau gearbeitet, als er sich anwerben ließ, als Arbeiter in der Stahlindustrie nach Deutschland zu gehen. Die Bedingungen waren verlockend. Viel, sehr viel Geld, weniger Arbeitszeit, vier Wochen Jahresurlaub und Unterbringung in einem Wohnheim des Konzerns. Er beratschlagte sich mit seiner Familie, versprach seiner Frau, sie und die Kinder nachzuholen, sobald ihm das möglich sei. Im Jahre 1985 betrat er deutschen Boden. Ein türkischer Laze, Dörfler, frommer Muslim, der nie in seinem bisherigen Leben die Prinzipien seiner Herkunft infrage gestellt hatte. Mittelpunkt seines Lebens war die Moschee. Er arbeitete zunächst als Hilfsarbeiter, nahm dann aber ein Angebot als angelernter

Dreher bei einer Maschinenfabrik in Mülheim an der Ruhr an. Er überwies jeden Monat Geld an seine Familie und fuhr einmal im Jahr für vier Wochen in sein Heimatdorf. Sein Vater kränkelte und verstarb. So wurde er Oberhaupt der Familie. Durch seinen untadeligen Lebenswandel, durch Frömmigkeit, durch Weltzugewandtheit, moralische Standfestigkeit und kluge Umsichtigkeit erwarb er in seinem Lebenskreis in Deutschland Hochschätzung und Respekt. Seine Kinder in Anatolien schauten zu ihm auf und nahmen seine Belehrungen an. In Mülheim verkehrte er im anatolischen Freundeskreis. Hier trafen sich in ihrer Freizeit die türkischen Gastarbeiter aus Anatolien, tranken Tee, politisierten, besprachen Familienprobleme und tauschten Ratschläge aus, die vor allem behördliche Angelegenheiten betrafen. Mehmet galt auch hier als Autoritätsperson. Nach drei Jahren Aufenthalt in Deutschland mietete Mehmet eine Dreizimmerwohnung, möblierte sie und erklärte während des Heimaturlaubs, dass die Familie nach Deutschland umziehen solle, alles sei für ihren Aufenthalt geregelt. Die Kinder waren begeistert, seine Mutter und seine Ehefrau lehnten den Umzug ab. Sie hatten Schlimmes von den deutschen Sitten gehört und wollten sich nicht verpflanzen lassen. Mehmet wollte die Frauen nicht zwingen, ihm zu gehorchen. Es widersprach seinem Wesen. Er kehrte mit seinen vier Kindern nach Mühlheim zurück. Sie waren fünfzehn, vierzehn, zwölf und elf Jahre alt. Die Türken in Recklinghausen bereiteten ihm und seiner Familie einen großen Empfang. Man hatte ein Schaf gegrillt, befragte ihn nach den Neuigkeiten aus der Heimat, machte Musik und tanzte. Und doch erlitt Mehmet eine Einbuße seines Ansehens. Das Fernbleiben seiner Ehefrau belegte, dass er nicht Herr im Hause war. Wo kommt man hin, wenn die Frau nicht ihrem Manne folgt, wenn sie entscheidet und nicht der Mann. Man hielt Mehmet vor, wie er das dulden könne. Er redete sich damit heraus, seine Frau werde später nachkommen. Keiner seiner türkischen Bekannten glaubte es und Mehmet selbst auch nicht.

Die Kinder absolvierten Sprachkurse, gingen zur Schule und sprachen nach einem Jahr Deutsch. Wie der Vater verkehrten sie ausschließlich in der Freizeit mit Türken.

Sie akzeptierten die Anschauungen des Vaters. Sie hatten ihm widerspruchsfrei zu gehorchen, Erdal, der Älteste, war seinen jüngeren Geschwistern übergeordnet. Alle wussten, dass der Vater nach alten Brauch die Heirat der Kinder arrangieren würde. Sie beteten täglich und suchten die Moschee regelmäßig auf. Sie hielten sich an die Reinheitsgebote, die Mädchen an die Kleiderordnung. Sie erwiesen dem Vater den erforderlichen Respekt, rauchten etwa nicht in seiner Gegenwart, begrüßten ihn stets respektvoll, sprachen in seiner Gegenwart nicht ungefragt. Mehmet spürte dennoch, dass sich die Kinder mit der Zeit ihm entfremdeten und in zwei Welten lebten. Das Virus westlichen Denkens infiltrierte ihre Erlebniswelt. Sie unterhielten sich untereinander mühelos auf Deutsch, gebrauchten Begriffe, die er nicht verstand, benutzten das handy und den PC. Sie pflegten außerhalb des Hauses zwanglosen Umgang mit gleichaltrigen Deutschen, sogar die Mädchen, die damit ihre Ehre gefährdeten. Sie nahmen an sittenwidrigen Gebräuchen teil wie Karneval oder Schützenfest. Er vermutete, dass sie sogar heimlich Alkohol trinken würden. Die älteste

Tochter Elif gab ihm eines Tages zu verstehen, dass sie das Abitur anstrebe und danach Medizin studieren wolle und auf keinen Fall sich von ihm verheiraten lasse. Die Entwicklung der Kinder erfüllte Mehmet mit Besorgnis. Er spürte, dass er nicht nur Fremdling in einem fremden Land, sogar Fremdling in seiner Familie war. Er gebot dieser Entwicklung keinen gewaltsamen Halt. Er diskutierte mit seinen Kindern und merkte, dass sie ihn nicht verstanden, er sie nicht und er zunehmend an Einfluss auf sie verlor. Er wurde schweigsam und zog sich in Traumwelten zurück. Dann dachte er an seine Kinderzeit und das glückliche Leben auf dem Land. Der Vater hatte ihm seinerzeit einen Hund geschenkt, der immer zum Spielen aufgelegt war und den er über alles liebte. Mit ihm war er im Wald herumgestrolcht, hatte mit ihm im Hause herumgetobt, hatte mit ihm die Tiere gehütet und das Wild gejagt. Sie waren einander vertraut, zugetan und sich treu wie zwei Brüder. Bei solchen Gedanken wurde er von Wehmut ergriffen. Mehmet merkte nach solchen Tagträumen, dass er vereinsamt war und entschloss sich, eine zweite Frau zu heiraten. Nach dem

Freitagsgebet zog er eines Tages seine beste Kleidung an und suchte Yasin auf, der aus der Stadt Tirebolu stammte, in Mühlheim eine Imbissstube betrieb und hohes Ansehen bei seinen Landsleuten genoss. Er war ein gläubiger Moslem, verstand sich gut mit seinen deutschen Handelspartnern und hatte die Gabe, anderen geduldig zuzuhören.

„Yasin, Allah, der Allbarmherzige, gepriesen sei sein Name und der seines Propheten Mohammed, er möge Dich beschützen und allzeit mit Dir sein. Ich komme, um mit Dir eine wichtige Sache zu besprechen."

„Alhamdulillah, Du erweist mir große Ehre. Nimm Platz, trinke mit mir Tee und sprich, was Dich bewegt."

„Du weißt, ich habe eine Frau, die sich an die Worte des Propheten hält, treu ist und mir in allen Dingen folgt. Aber sie ist ein wenig eigenwillig. Sie weigert sich, zu mir nach Deutschland zu ziehen. So untergräbt sie meine Ehre und macht uns das Leben schwer. Um den Frieden mit ihr nicht zu gefährden, habe ich schweren Herzens nachgegeben und ihr erlaubt, in meinem Hause weiter zu leben und meine alte Mutter zu pflegen."

Mehmet seufzte, hielt kurz inne und ergänzte:

„Sage mir nicht, was im Koran steht. Ich habe Vers 35 der Vierten Sure immer wieder gelesen. Dort heißt es, rechtschaffene Frauen sollen gehorsam, treu und verschwiegen sein. Denjenigen Frauen aber, die durch ihr Betragen uns Männer erzürnen, sollen wir Verweise geben, uns ihrer enthalten, sie in ihre Gemächer einsperren oder gar züchtigen. Ich habe mit meiner Frau ruhig gesprochen und immer getan, was Allah durch unseren Propheten uns in solcher Situation empfiehlt. Yasin, habe ich recht gehandelt?"

„Mehmet, Du hast recht getan. Ist Allah nicht der Allbarmherzige und heißt es nicht, dass Allah allmächtig, allweise und barmherzig ist? Wer das Gute tut, ist geläutert und Du hast Milde und Verständnis walten lassen."

„Ich danke Dir, Du machst mir Mut und Hoffnung. Und doch beugen mich die Sorgen. Ich habe vier Kinder, der Älteste ist fast heiratsfähig. Ich bin für sie allein verantwortlich und kann sie nicht hinreichend beaufsichtigen. Ich merke, dass sie christliche Sitten annehmen. Ich fühle mich oft einsam, besonders des nachts. Ich brauche eine Frau, nicht nur für mich, sondern auch dafür, dass die Erziehung der Kinder in den richtigen Bahnen verläuft. Ich habe mit meiner Frau über dieses Problem gesprochen. Sie empfiehlt mir, die Kinder zurück in unser Dorf zu schicken oder in Deutschland eine zweite Frau zu nehmen. Sie zitierte den Koran. Dort steht geschrieben, nehmt nach Gutbefinden nur eine, zwei, drei, höchstens vier Frauen. Und hat dabei geweint. Ich blieb stumm, denn mir war, als ob die Sterne erlöschen, der Himmel sich spaltet, die Berge zerstäuben, denn ich liebe sie über alles. Ich sprach zu mir, Allah, Du bist die Güte, doch warum hast Du mich nicht gelehrt, die Teilung des vereinten Leibes zu begreifen. Die Menschen lieben nur das dahineilende Leben und lassen den schweren Tag des Gerichts unbeachtet hinter sich liegen. Wo finde ich in diesem Leben Zuflucht, wenn nicht bei ihr? Ich wandte mich von ihr ab und ohne ihr ins Gesicht zu schauen, sprach ich: Aysa, ich verlasse Dich nicht, ich liebe Dich, doch ich bin ein schwacher Mensch. Und eilte in die Moschee, um zu beten. Und nun, Yasin, was rätst Du mir?"

„Höre, Mehmet. Ich kann Deine Not nachempfinden. Heirate eine zweite Frau und sprich mit dem Imam. Er wird Deine zweite Ehe segnen."

„Yasin, in Deinem Hause wohnt Deine jüngere Schwester Leyla. Sie ist drei Jahre jünger als ich, aber noch kein Mann hat um ihre Hand angehalten. Es liegt daran, dass wir in dieses fremde Land ausgewandert sind. Würdest Du sie mir als zweite Ehefrau nach islamischen Recht geben? Sie wird es bei mir gut haben."

Yasin überraschte der vorgeschlagene Handel keineswegs. Er hatte seit Jahren darauf gewartet, dass sich ein Freier für seine Schwester finde. Er hatte erkannt, dass sie in Deutschland immer eine Fremde bleiben würde. Im Laufe der fünfzehn Jahre ihres Hierseins hatte sich nie die Notwendigkeit für sie ergeben, die deutsche Sprache zu erlernen. Sie hielt sich überwiegend im Hause auf. Ging sie einkaufen, trug sie ein Dschibab, das Kopf und Körper verhüllte, nicht aber das Gesicht. Sie ließ sich stets von einem erwachsenen männlichen Verwandten begleiten und mied jeden Augenkontakt mit Männern. Sie hatte viele Suren des Korans auswendig gelernt und verstand sie auch, weil sie Arabisch sprach.

In ihrer Freizeit verfasste sie Texte über religiöse Probleme und über das Verhältnis von Christentum und Islam, die auch in den Moscheen als Orientierungshilfe für die Gläubigen auslagen.

„Bismiliah, Du sollst meine Schwester ehelichen. Ich verbrüdere mich mit Dir gern. Deine Last ist groß. Du ängstigst Dich, etwas Falsches zu tun. Ich kann versichern, dass jenen, die alles in Geduld ertragen und das Gute tun, Verzeihung und Lohn zuteil
wird. Allah hat es uns durch den Mund des Propheten versprochen."

Yasin sprach mit seiner Schwester und der Imam segnete nach einem Monat die zweite Ehe von Mehmet und Leyla. In der Familie von Mehmet änderte sich damit so manches. Es wurde nur noch türkisch gesprochen, die zwei Jüngsten mussten die Koranschule besuchen, die Mädchen hatten ein Kopftuch zu tragen. Leyla achtete streng auf die Einhaltung islamischer Bräuche, hielt sie von deutschen Freunden fern, tadelte die Kinder bei Verstößen gegen einen frommen Lebenswandel, wie sie ihn verstand.

Erdal war der älteste Sohn von Mehmet. Er stand in der Ausbildung zum Elektroniker. Elif war 18

Jahre alt, ging zur Oberschule und hatte sich in den Kopf gesetzt, nach dem Abitur Medizin zu studieren. Sie war eine intelligente und fleißige Schülerin, gesellig, frohgemut und erlebnishungrig, wissbegierig und offen für alle Ideen. Der zwei Jahre jüngere Bruder Ismail besuchte die selbe Oberschule wie Elif. Kontaktscheu und einfallsarm, rigide und rechthaberisch beobachtete er missbilligend das Verhalten seiner Schwester. Mit innerer Begeisterung ließ er sich von seiner Stiefmutter den Koran und den Islam erklären. In ihm setzten sich die Gebote des Islam fest, er glaubte an ihre unumstößliche Wahrheit. Er las die Traktate seiner Schwiegermutter und führte ein Leben nach den Glaubensgeboten. Er betete täglich, hielt Bilder für verabscheuungswürdig, lehnte Freundschaften zu Nichtgläubigen ab, begrüßte Frauen niemals mit Handschlag, nahm keine unreine Nahrung zu sich, trank keinen Alkohol, hielt die Fastenzeit ein, missbilligte jede Form der Verschwendung, war bereit, für den Glauben gegen die Ungläubigen zu kämpfen und zu sterben. Zwang, Drohung und Bestrafung im Koran, von Leyla immer wieder den Kindern vorgetragen, bewirkten bei Erdal

und Elif, dass sie sich vom Koran abwandten, während Ismail in solchen Imperativen Halt, Zuversicht und Orientierung fand. Er ging zum Imam, ließ sich belehren und wollte dereinst selbst in der Moschee predigen. Seine Lieblingstexte, die er in der Auseinandersetzung mit den Geschwistern immer wieder zitierte, waren:
„Zieht in den Kampf und kämpft mit Gut und Blut für die Religion Allahs. Allah hat das Leben und das Vermögen der Gläubigen dafür erkauft, dass sie das Paradies erlangen, indem sie für die Religion Allahs kämpfen. Mögen sie nun töten oder getötet werden, so wird doch die Verheißung ihnen in Erfüllung gehen… Allah wird die Gläubigen belohnen für ihre ausharrende Geduld mit einem Garten und mit seidenen Gewändern und sie werden dort auf Lagerkissen ruhen und weder Sonne noch Kälte mehr fühlen. Dichte Schatten werden sich behütend über sie ausbreiten und Früchte werden tief herabhängen, damit sie leicht gepflückt werden können. Und Dienende werden mit silbernen Kelchen und Bechern um sie herumgehen, mit glashellen Silberflaschen, deren Maß sie selber bestimmen können. Man gibt ihnen da zu trinken aus einem

Becher Wein mit Ingwerwasser, aus einer Quelle dort, die Salsabil heißt. Zu ihrer Aufwartung gehen ewig blühende Jungfrauen um sie herum. Wenn du sie siehst, hälst du sie für verstreute Perlen, und wo du hinsiehst, erblickst du Wonne und ein großes Reich. Ihre Gewänder sind aus feiner grüner Seide und aus Samt, durchwirkt mit Gold und Silber und geschmückt sind sie mit silbernen Armbändern, und ihr Herr wird ihnen reinsten Trunk zu trinken geben und sagen: Das ist euer Lohn und der Dank für euer eifriges Streben."

So schwärmte Ismail und auf die Frage nach dem Schicksal der Ungläubigen, war er nicht verlegen.

„Vor ihnen liegt die Hölle, dort sollen sie siedendes, ekles Wasser trinken, daran sollen sie nippen, weil der Ekel es nicht durch ihre Kehle lässt. Der Tod kommt von allen Seiten zu ihnen und doch können sie nicht sterben. Für die Ungläubigen sind Kleider aus Feuer bereitet, und siedendes Wasser soll über ihre Häupter gegossen werden, wodurch sich ihre Eingeweide und ihre Haut auflösen. Geschlagen sollen sie werden mit eisernen Keulen."

Ismail begann, seine Schwester zu überwachen, der er sich verbunden fühlte. Er fürchtete, sie könnte ihre Ehre blindlings verschenken, spähte sie aus und bespitzelte sie. Mit Entsetzen musste er feststellen, dass sie ihr Kopftuch ablegte, wenn sie aus dem Hause ging und sich wie die deutschen Mädchen anzüglich und liederlich kleidete. Als Bruder war sie ihm das Anvertraute und er war vor Allah für sie verantwortlich. Sie hatte ihm zu gehorchen. Er ermahnte sie wiederholt:

„Elif, Dein Herz ist versiegelt, darum hast Du keine Einsicht. Kennst Du nicht die Sure, in der es heißt, bekämpft die Ungläubigen, die in eurer Nachbarschaft wohnen. Sie wenden eure Herzen von der Wahrheit ab, häufen in euch Zweifel über Zweifel und bedienen sich größter List, um sich der Wahrheit zu widersetzen. Denke an jenen Tag, an welchem sich Erde und Himmel verwandeln werden, an dem die Menschen aus ihren Gräbern kommen und vor dem einzigen und allmächtigen Gott Rechenschaft ablegen müssen. Willst du wie die Frevler in Ketten geschlagen werden?"

Elfi umarmte ihren Bruder, wie sie es in der

Kindheit getan hatte, um ihn zu trösten.
„Oh mein kleiner, liebster Bruder. Verrenne Dich nicht und lerne zu denken. Allah hat gesagt, nur für Dich allein trägst du Verantwortung. Was willst Du? Allah ist allwissend und allweise, barmherzig und gütig. Er liebt die, die ihn fürchten. Er weiß, dass ich züchtig bin. Ich liebe und fürchte ihn. Ich tue, was recht ist. Denen, welche alles in Geduld ertragen und Gutes tun, wird Verzeihung und großer Lohn. Lass mich in Ruhe mit Deinem Fanatismus."
Sie wandte sich ab und verließ ihn. Er war durch ihr Betragen sehr erzürnt. Er rief ihr nach:
„Ich werde Dich in Dein Zimmer solange einsperren, bis Du begreifst, dass Du den Anfechtungen des Satans erlegen bist und er Dich geblendet hat."
Ismail erschauerte bei dem Gedanken, dass seine geliebte Schwester am Tage des Gerichts in die Hölle gestoßen werde. Er dachte nach, wie er sie vor dieser Strafe bewahren könne. Im Familienkreis richtete er immer wieder zündende moralische Appelle an sie und prangerte das Verwerfliche ihres Tuns an. Sie schien davon unbeeindruckt. Sprach, ohne gefragt zu sein, rauchte in

Gegenwart des Vaters, machte keinen Hehl daraus, einen deutschen Freund zu haben, suchte mit ihrem Freund Diskos auf und kam erst am späten Abend nach Hause, unternahm mit Klassenkameraden mehrtägige Ausflüge, hatte zwei vertraute deutsche Freundinnen, erklärte immer wieder mit großer, unbelehrbarer Entschiedenheit, sie lasse sich vom Vater nicht verheiraten und wolle in Deutschland ein selbstständiges, eigenes Leben erreichen.

Eines Tages war Elif heimlich aus der väterlichen Wohnung ausgezogen.

Die Familie war schockiert und hielt Rat, wie auf diesen Affront zu reagieren sei. Mehmet als Familienoberhaupt schwankte zwischen Toleranz und patriarchaler Haltung.

„Sie ist noch jung, hat gewiss die Familientradition verletzt, aber ist uns doch noch immer innerlich verbunden. Sie zeigt mit ihrem Fortgang wenig Achtung mir und der Familie gegenüber, aber ich weiß, dass sie mich und die Familie liebt. Sie hat die Unsitten der Deutschen angenommen und will sich unseren Gebräuchen nicht mehr fügen. Man muss sehen, dass die Deutschen trotz ihrer Verkommenheit tüchtige

Menschen sind und viel erreicht haben. Sie haben eine andere Kultur und Allah, sein Name sei gepriesen, hat ihnen viel Wissen und Wohlstand geschenkt. Elif ist klug, sie hat viel gelernt und ist auf eine etwas andere Art gläubig. Wir waren zu streng zu ihr."

Der älteste Sohn D. äußerte sich zurückhaltend und ließ erkennen, dass er auf der Seite von Elif stand.

„Was hat sie getan? Sie hat sich unserer Umwelt angepasst. Warum sind wir hier? Wollen wir ewig die anatolischen Lazen bleiben? Rückständig und dumm, uns von Mythen und Fabeln leiten lassen? Ich habe insgeheim die deutsche Staatsbürgerschaft beantragt. Ja, schaut nur, beschimpft auch mich. Hier ist meine Zukunft."

Ismael unterbrach seinen älteren Bruder erregt und aufgebracht.

„Vater und Erdal, wie könnt Ihr nur so sprechen. Ich habe sie in den letzten Tagen überwacht. Und auch nachts. Da schlief sie bei ihrem Freund, einem ungläubigen Deutschen. Sie hat ihn in der Öffentlichkeit geküsst, sie zieht sich an wie eine Öffentliche, isst in der Schule das Schweinefleisch, geht nicht zum Gebet in die Moschee, hat keine Kontakte mehr zu unseren Brüdern und Schwestern. Sie bestreitet die gottgewollte Vorrangstellung des Mannes und hält unsere Gebote für überaltert und unsinnig. Sie hat unseren Glauben verloren. Es muss etwas getan werden. Schicke sie in unser Dorf zurück und verheirate sie dort mit einem gläubigen Moslem, damit sie unsere Kultur und das Handeln nach Allahs Gesetzen erlernt. Denn hier, in der westlichen Welt, kann sie den sündigen Ausschweifungen nicht widerstehen."

Mehmet gebot dem ungebärdigen Sohne Einhalt. „Ismail, ich bin der Vater von Elif. Wer könnte ihr näher sein als ich? Sprich nicht falsch von ihr, nur die Zunge der Ungläubigen spricht Zweideutiges und Unwahres."

Doch Ismail konterte und brachte seinen Vater zum Schweigen. Er nahm den Koran zur Hand und las die Sure 24, Vers 32 vor:

„ Und sprich zu den gläubigen Frauen, dass sie ihre Blicke zu Boden schlagen und ihre Keuschheit wahren sollen, und dass sie ihre Reize nicht zur Schau stellen sollen, bis auf das, was davon sichtbar sein muss und dass sie ihre Tücher über ihre Brüste ziehen sollen und ihre Reize vor niemanden enthüllen als ihrem Gatten, oder ihren Vätern , oder den Vätern ihres Gatten , oder ihren Brüdern, oder den Söhnen ihres Gatten , oder ihren Brüdern, oder den Söhnen ihrer Brüder , oder den Söhnen ihrer Schwestern oder ihren Frauen."

Er schaute triumphierend auf.

„Der Heilige Prophet hat gesagt, die Ehe ist unsere Lebensweise. Wer sich von unserem Weg abwendet, gehört nicht zu uns. Du musst zugeben, Vater, Elif ist nicht gottergeben, nicht wahrhaft und nicht keusch."

In das Schweigen der Versammelten tönte die Stiefmutter laut und durchdringend.

„Ismail hat recht. Elif hat sich zu den Schlammwühlern, dem grunzenden Ungetier, den Leichenfressern, den streunenden Läusehunden gesellt. Ihr ist nicht zu helfen. Sie lebt in der westlichen Freudenwelt, denkt nur an den Spaß im Heute und nicht an den Sinn des Lebens und schon gar nicht an das Himmelsreich nach dem Tod. Die frevelnden Treulosen tragen das Unheil in diese Welt. Glaubt mir, Allah bleibt allmächtig, auch im Land der Ungläubigen. Seine Gerechtigkeit wird siegen. Der Heilige Krieg und seine

gottergebenen Krieger werden auch aus diesem Land mit dem Blut und dem Schwert der Gerechten einen Gottesstaat erstehen lassen. "
Mehmet wollte die Streitenden versöhnen. Seine Milde überstrahlte die Runde.
„Lasst uns zueinander finden. In wenigen Jahren werde ich Rente erhalten. Meine Frau, Eure Mutter, hat mit Hilfe ihres Vaters und meines Schwagers in unserem Dorfe mit dem Geld, das ich monatlich gespart und in die Türkei überwiesen habe, Land erworben und unser Familienhaus ausgebaut. Es ist sehr groß und sehr modern geworden. Für Euch alle ist Platz. Ich werde in die Heimat unserer Ahnen, unseres Glaubens, unserer Sprache, unserer Ordnung, unserer leidvollen Geschichte, unserer Lieder, unserer Gemeinschaft zurückkehren, werde den Tag und die Nacht begrüßen und Allah dafür dankbar sein, was er uns täglich schenkt. Ihr aber, Leyla und meine Kinder, müsst Euch spätestens dann entscheiden, ob Ihr mir folgen wollt oder nicht. Ihr habt Zeit und ich will Euch nicht drängen. In der Heimat werdet Ihr einfacher und bescheidener, aber ruhiger und vereint mit Gottes Natur leben. Denkt darüber nach. Und vergesst

nicht, was unser Prophet gesagt hat, als er alt war und er spürte, dass ihn Allah bald zu sich rufen würde. Er hat gesagt:"Oh ihr Ungläubige, ich verehre nicht das, was ihr verehrt und ihr verehrt nicht, was ich verehre. Und ich werde auch nie das verehren, was ihr verehrt. Und ihr wollt nie das verehren, was ich verehre. Ihr habt eure Religion und ich habe die meinige." Beherzigt seine Worte und bleibt friedfertig. Ich habe Gewalt ertragen müssen und weiß, Gewalt ist nicht Allahs Wille."

Das war das Schlusswort des Familienoberhaupts. Leyla senkte ihren Kopf, aber die Kinder verdrehten ihre Augen und dachten insgeheim, wie alt und kraftlos ihr Vater geworden sei. Zu widersprechen wagten sie noch nicht.

In das Schweigen hinein rief Rüstü, die Jüngste, ungeduldig:

„Hört auf mit dem Gequatsche, ich habe Hunger und will den Film Harry Potter sehen.

IV

Ismail verachtete die Schwäche seines Vaters. Er wendete sich an seinen Imam, dem Vermittler zwischen dem Erdenleben, dem Propheten Mohammed und dem Herrscher über alle Gläubigen, dem allwissenden und gnädigen Allah. Er ließ sich von ihm unterrichten und erhielt von ihm die Bestätigung seines Glaubens: Wer den Unglauben dem Glauben vorzieht, verfällt der ewigen Verdamnis.

„Siehst du denn nicht, dass alles Allah verehrt, was in den Himmeln und was auf der Erde ist? Die Sonne, der Mond, die Sterne, die Berge und die Bäume, die Tiere und viele der Menschen. Jedoch ein großer Teil der Menschen verdient, bestraft zu werden, weil er Allah verächtlich macht."

Ismail nahm alle Worte seines Lehrers in sich auf und war überzeugt, nur durch gerechtes und gläubiges Handeln ins Paradies aufgenommen zu werden. Er umgab sich mit aufrichtigen, gläubigen und treuen Freunden, die bereit waren, den wahren Glauben jederzeit mit Wort und Tat zu verteidigen. Ismail hielt die Zeit für gekommen, das Schwert des Glaubens zu ergreifen und ein Zeichen zu setzen, als Elif ihn eines Tages auf dem Schulhof vor anderen Mädchen lächerlich machte.

„Das ist mein Bruder Ismail, gläubig und fromm. Er betet mehrmals am Tag und will sich vier Frauen halten. Ist er nicht bescheiden? Mohammed hat sich immerhin mit 12 Frauen vergnügt. Er trinkt kein Bier, zieht sich aber ab und an einen Joint. Wir sollen unsere Reize verbergen, er schielt aber gierig auf unseren Busen und unsere Lenden, um seine Sinneslust zu befriedigen. Er meint alles Ernstes, wir Frauen seien triebhaft wie streunende Hunde, gefährdeten damit die göttliche Ordnung und müssten deshalb wie wilde Tiere eingesperrt und kontrolliert werden. Wir sollen asexuell, unschuldig und hilflos sein und unsere gottgeschaffene Schönheit und Erotik müsse hinter Mänteln und Tüchern den frommen, ach so geilen Männern verborgen bleiben."

Die Mädchen lachten und trollten sich kichernd davon. Ismail stand einige Zeit erstarrt wie eine Salzsäure auf dem Schulhof und wischte sich verstohlen Tränen aus den Augen.

V

Am späten Nachmittag verließ er die elterliche Wohnung und begab sich zur Tunnelstrasse. Dort hatte sich Elif ein Zimmerchen in einem Zweifamilienhaus gemietet. Der Weg von dort zur Ruhr durch den Mülheimer Garten beträgt etwa 600 m. In den letzten Sommertagen hatte es viel geregnet, der Wasserstandspegel der Ruhr war für diese Jahreszeit hoch. Ismail stellte sich auf die gegenüberliegende Straßenseite des Hauses, in dem Elif wohnte und wartete auf sie. Er wusste, dass Elif um neunzehn Uhr an einem Kurs über die Kunst des 20. Jahrhunderts im Stadtmuseum teilnahm.

Gegen 18 Uhr 30 öffnete sie die Haustür, trat auf die Straße und schaute sich um. Sie trug ein kurzes Röckchen und eine durchsichtige Sommerbluse, aber kein Kopftuch. Ihre schwarzen Haare umsäumten kokett das schmal geschnittene Gesicht mit den lebhaften Augen. Ismael dachte, sie ist hübsch und hat es darauf angelegt, Männer zu reizen und Wolllust bei ihnen zu schüren. Sie verhält sich wie ein brünstiges Tier und ist noch stolz darauf. Er überquerte mit schnellen Schritten die Straße und stellte sich vor sie. Elif erschrak. Es gab nur eine Rettung: Flucht. Aber sie konnte nicht. Sie fühlte sich regungsunfähig und wie benommen. Schrecken und Angst hatten sie gelähmt. Er forderte sie barsch auf:

„Komm mit!"

Sie fragte:

„Was willst Du von mir? Ich habe keine Zeit!"

Er antwortete nicht, ergriff ihren linken Arm und zog sie mit leichtem Druck Richtung Stadtgarten. Sie wehrte sich nicht gegen ihre Gefangennahme. Bruder und Schwester schritten verhalten nebeneinander, sprachen kein Wort miteinander und keiner der wenigen Passanten kam auf die Idee, dass sie Zeugen eines Dramas waren. Wie ein Schiff durch das Wasser seinem Ziele entgegen strebt und sich nicht durch Sturm und ungestümen Wellengang aufhalten lässt, so war keine Macht der Welt stark genug, dem kommenden Unheil Halt zu gebieten. Die Sonne warf bereits lange Schatten, die Äste und Zweige bewegten sich leise. Mücken tummelten sich lebensfroh in dichten Schwärmen in der vom Duft der Blüten geschwängerten Luft, dumpfes

Gebrause der Stadt drang bis zu ihnen. Der Sommerabend war lau, die Sonne hatte ihre wärmende Kraft noch nicht verloren. Ein sanfter Wind kühlte schmeichelnd und machte die Abendhitze erträglich. Sie wusste, er wird mich töten und er wusste, ich werde sie töten. Ein herber Zug lag auf seinem Gesicht. Sie schaute ihn an und stellte erstaunt fest, dass er keine jungenhaften Züge mehr hatte, sondern aussah wie ein Mann und seine Stimme männlich dröhnte.

Sie überlegte:

„Ich muss fliehen, wie stelle ich es an?"

Gedanken stürmten unkontrolliert auf sie ein.

„Er ist stärker als ich, er läuft schneller als ich. Soll ich um Hilfe rufen, die Entgegenkommenden bitten, mich zu beschützen? Nein, er ist ein Irrsinniger. Er wird von seinem Vorhaben nicht ablassen und sofort auf mich einstechen. Er hält das Messer ständig umfasst, bereit, mir den Todesstoß zu versetzen. Ich warte ab, kühlen Kopf bewahren, vielleicht ergibt sich eine günstige Gelegenheit."

Aber ihr Blut war erregt und ihr Herz jagte. Sie fieberte und vergegenwärtigte sich schaudernd.

„Er hat Macht über mich und kennt kein Erbarmen. Er ist ein Fanatiker. In unserer Heimat wird er ein Glaubensheld sein."

Ismails Augen glommen wirr und die Flamme des heiligen Zorns wütete in ihm.

„Sie hat den wahren Glauben verraten, hat die Ehre der Familie beschmutzt und den Namen Allahs in aller Öffentlichkeit geschändet. Ich bin das Schwert Allahs, Allah hat sie gerichtet und ich bin sein Vollstrecker. Ich werde vollführen, was er mir aufgetragen hat."

Elif sinnierte.

„Er war ein so schöner Junge. Hatte dunkles Haar und blaue Augen, die wie Gottes Himmel strahlten. Eine Seltenheit, ich habe ihn deswegen beneidet. Seine Nähe war mir nie nah genug. Wir haben ihn verwöhnt, haben ihn geliebt. Haben wir ihn zu wenig geliebt? Wir kamen in dieses Land mit Hoffnung - hat er das Hoffen verloren? Hat er das Unmögliche erwartet, wurde enttäuscht und hat sich in den Glauben geflüchtet? Der Glaube entwaffnet alle Vernunft - ist ihm dieses Unglück widerfahren?"

Die Geschwister erreichten den Park. Da sank Elif auf die Knie und flehte ihren Bruder mit tränenerstickter Stimme an:

„Ismail, Blut von meinem Blut, wir sind doch Kinder Gottes und die Kinder unserer Eltern. Schone mein Leben, mache Dich nicht unglücklich. Wir sind jung und wollen leben. Erinnere Dich an unsere Kindheit, an Vater und Mutter, an unsere Geschwister. Haben wir nicht gemeinsam oft gelitten, unsere Freude geteilt, waren wir nicht eins? Als Vater ins Gefängnis kam, da haben wir uns gegenseitig getröstet. Wir lagen umschlungen im Bett und haben nächtelang geweint. Als er sich verschuldete und wir hungerten, haben wir da nicht das letzte Brot miteinander geteilt? Mutter ist uns nicht in die Fremde gefolgt, Vater ging arbeiten. Wen hatten wir da, wenn nicht uns? Ich liebe Dich und weiß, Du liebst mich. Lass uns nach Hause gehen und ein Freudenfest feiern."

Da zog Ismael das Messer, schwang es drohend in der Luft und schrie:

„Du dumme Ziege, glaubst Du, ich verstoße Deinetwegen gegen das Wort Gottes und halte es für nichtig? Glaubst Du, dass Dein weibisches Gewäsch mich von meiner Bestimmung abhält? Ich bin auch in diesem Land ein Gotteskrieger und glaube, was Mohammed offenbart worden ist. Wenn wir mit Ungläubigen zusammentreffen und sie uns des Glaubens wegen verhöhnen, dann schlagen wir ihnen die Köpfe ab. Was hast Du auf dem Schulhof gesagt, was? Los, wiederhole es, los!"

Er sah auf Elif herab und sie erschrak. Sein Gesicht war verzerrt, seine Augen waren weit aufgerissen und sein Kinn zitterte. Kalte Bosheit strahlte von ihm aus, die ihren ganzen Körper zu durchdringen schien. Sie rechnete. Sie hatte nur noch wenige Minuten, das Schlimmste abzuwenden. Bis zum Fluss gelangen, dann ins Wasser springen? Ihre Fluchtidee verlor sich schnell im Dunkel der Angst und stürzte in die bodenlose Konfusität der Hilflosigkeit. Sie konnte nicht mehr planen, nicht mehr denken.

In Ismael waren durch die beschwörenden Worte seiner Schwester dennoch Erinnerungen aufgestiegen, die sein Herz berührten und seine Gefühle wider seinen Willen sacht erwärmten.

„Es ist richtig, wir sind Bruder und Schwester und gehören zusammen. Als ich von einem Baum fiel, mir ein Bein brach und auf dem Lager liegen musste,, war sie ständig um mich und hat

mir jeden Wunsch von den Augen abgelesen. Sie hat mir geholfen, das Lesen und Rechnen zu erlernen und mich in der Schule verteidigt, wenn die Älteren mich schlagen wollten. Sie hat für mich gelogen, als ich Kirschen von Nachbars Bäumen gestohlen habe und mich nicht bei Vater verpetzt, wenn ich etwas angestellt hatte. Wir haben zusammen gespielt und zusammen die Schafe und Ziegen gehütet. Und als wir groß waren, sie eine Frau und ich ein Mann, hätte ich mein Leben für sie gelassen, damit ihr nicht ein Unrecht angetan und ihre Ehre nicht angetastet wird. Nahm sie nicht in diesem ungläubigen Land Mutters Stelle ein? Oh Allah, der du allwissend, allbarmherzig und seit Ewigkeit bist, der die Winde wie die Wege des Menschen lenkt, warum hast du uns auseinander gerissen?"
Elif bemerkte sein Zögern und schöpfte erneut Hoffnung. Vergeblich. Er befahl ihr mit tonloser Stimme:
„Steh auf, wir sind noch nicht am Ort."
In ihr erlosch das letzte Fünkchen Hoffnung. Sie hatte bis jetzt in einem Winkel ihres Herzens noch immer geglaubt, dass Allah gütig und weise ist, in allen Geschöpfen lebt und Ismail erwei-

chen wird. Und nun dieser frostige Befehl. Sie vergrub ihre Gefühle in sich, versteinerte und folgte ihm mumienhaft steif wie jene Menschen, die vor langer Zeit durch Gottesurteil zum Schafott, zum Galgen oder zum Verbrennen geleitet worden sind, um zu sterben und nicht wussten, warum.

Ihnen kam ein junges Pärchen entgegen, Hand in Hand, lustig schnatternd. Nochmals keimte neue Zuversicht in Elif auf. Sie beschleunigte ihre Schritte, sodass Ismail hinter ihr lief. Als das Paar nahe war, rollte sie mit den Augen, verzog das Gesicht, deutete mit dem Zeigefinger der linken Hand verstohlen auf ihn und signalisierte händeringend und verzweifelt.

„Seht her, ich bin in Not, helft mir in Gottes Namen!"

Man beachtete sie nicht. Da schleppte sie sich weiter, fühlte sich leer ohne Lebensmut und schon den Toten gleich.

„Allah ist nicht gütig und nicht weise. Er hat meinen Bruder zum Teufel gemacht. Mein sanftmütiger Bruder wird vom göttlichen Wahnsinn beherrscht, Menschen haben ihm ein Blendwerk vorgespiegelt und er glaubt an das

Absurde, an den unerforschlichen Willen des Allmächtigen und hat darüber seinen Verstand verloren. Armer Bruder, du tötest, um der Verdammnis zu entgehen und den Lohn der Erlösung zu erhalten. Und legst damit weder Zeugnis für den wahren Glauben noch für Gottes Gnade ab. Dein Gott kennt nur Strafe, Unterwerfung und Rache und nur Liebe zu sich und seiner Herrschaft. Deine Bluttat wird Entsetzen und Abscheu hervorrufen, die Menschen werden sich von Allah abwenden und deine Verführer werden mit frommen Augenaufschlag schwören, dass sie das nie und nimmer gewollt hätten."

Sie gingen durch den Park. Ismail plante in Gedanken sein weiteres Vorgehen.

„Wenn wir die Ruhr erreicht haben, soll sie sich niederknien. Ich werde sie auffordern, Allah anzurufen, damit ihre Seele noch gerettet werden kann. Dann werde ich das Werk vollenden, wie ich es beim Schlachten der Schafe zu Hause gesehen habe. Ich werde das Messer zücken, in ihre Haare greifen und ihren Kopf nach hinten ziehen. Und dann, mit einem kräftigen Schnitt von links nach rechts, werde ich ihre Schlagadern und die Kehle durchtrennen. Sie wird nicht schreien können und sofort das Bewusstsein verlieren. Ich werde sie in die Ruhr werfen, sie wird in die Weiten des Ozeans getragen werden und unauffindbar sein. Ihr geheimnisvolles Verschwinden wird verkünden, dass Allah nur dem beisteht, der sich zu ihm bekennt, sein Gebet verrichtet, Almosen gibt, alle seine Gebote einhält. Furcht und Zittern wird die Ungläubigen ergreifen und sie werden erkennen, dass das Ende aller Dinge bei Allah ist."

Als sich die Beiden dem Fluße näherten, fiel Elif ein Nachtgebet aus den Kindertagen ein, das sie auch Ismail beigebracht hatte. Sie flüsterte es kaum hörbar vor sich hin.

Das Tagesende erreicht uns nun,
ich will in Allahs Armen ruh`n
und im süßen Schlummer
vergessen allen Kummer.
Ich bitte, dass in dieser Nacht
über alle, die ich liebe, Allah wacht.

Ismail nahm das Nachtgebet nicht bewusst wahr. Er war in Gedanken versunken, es hatte ihn aber wohl doch erreicht. Gespenstische Zweifel quollen wie Nebelschwaden nach einem Regenguss in ihm auf und trübten seine klare Glaubenssicht.

„Bedeutet Islam nicht Friede und Gottergebenheit? Lässt er uns durch den Propheten nicht immer und immer wieder wissen: „Wer mir folgt, der soll mir auch angehören; wer mir aber nicht gehorcht, dem mögest du Vergebung und Barmherzigkeit erweisen." Ich kenne diese Verse und habe sie gelernt. Warum habe ich sie vergessen? Wir wählen Texte aus, reißen sie aus dem Zusammenhang, deuten sie um und interpretieren sie, fällen Urteile und erliegen den Vorurteilen unserer Zeit. Wir sind die geistig Beschränkten, die vorgeben, die Sprache Allahs allein zu verstehen und sind seiner Größe geistig nicht gewachsen. Das Heil der Seele hängt nicht an Worten, Begriffen und Ritualen, an die wir uns klammern. Wir müssen uns von seinem Geist leiten lassen. Wenn Allah allmächtig ist, so kann er jederzeit meine Schwester zu sich nehmen; wenn er allbarmherzig ist, so verzeiht er ihr; wenn er allwissend ist, so versteht er sie. Er allein straft, er braucht mich nicht dafür. Hat er das Messer mir etwa in die Hand gelegt? Nein, ich habe es genommen, ich habe die Entscheidung getroffen. Oh Allah, der Glaube ist nichts Leichtes, es ist das Schwerste und stellt mich vor die Frage, erliege ich einem Irrtum, handle ich falsch? Ist es nicht paradox, einen Mord zu einer heiligen und Gott wohlgefälligen Handlung zu machen? Den Menschen zu töten, den ich liebe? Ist es meine Rache, meine Kränkung, die ich vergelten will? Elif ist Leben von meinem Leben, sollte ich besser mich nicht selbst opfern?"

Bis zum Fluss verlor sich Ismail im Labyrinth seiner Gedanken, fand nicht den Ausgang, quälte sich und hielt an seiner Entscheidung fest.

Die kleinen Flutwellen der Ruhr glucksten und brachen sich am Ufer. Es ging nicht weiter, der Hinrichtungsort war erreicht. Elfit sank auf sein Geheiß willenlos auf der Ruhrwiese auf die Knie, Ismail blieb hinter ihr stehen.

Sie schloss die Augen. Ihr erschien die Mutter. Aysa stand in einem Garten, mitten im Grün, umgeben von Blumen und blühenden Bäumen. Sie trug ein weißes Kleid und war jung und wunderschön. Sie kam auf Elfit zu. Ihr Gesicht leuchtete, ihre Augen strahlten Liebe aus. Sie nahm Elfit in ihre Arme und Elfit fühlte sich behütet und geborgen und schmiegte sich wie in Kindertagen an ihre Brust.

Ismael riss das Messer aus seiner Hosentasche. Sie sah es seitlich blitzen, schwieg und betete, denn in der letzten Minute des Unvermeidlichen erfährt der Mensch den Frieden und die Ruhe der Unendlichkeit.

„Oh Allah, vergib ihm gnädig, er weiß nicht, was er tut. Errette mich aus meiner Not, denn du bist allmächtig. Schenke mir das ewige Leben, denn ich habe nichts Böses getan."

Die untergehende Sonne färbte mit ihren Strahlen die jenseits des Flusses gelegenen Bauten rot, die Ruhr spiegelte das Licht und wurde zum blutenden Strom. Zwei weiße Schwäne hoben sich mit kräftigen Flügelschlägen vom Wasser in die Höhe, streckten ihre Hälse weit nach vorn, umkreisten ihren Ruheplatz und krächzten durchdringend. Ismail hatte bereits mit der linken Hand in die Haare von Elif gegriffen und ihren Kopf nach hinten gezogen. In der rechten Hand hielt er das Messer. Da hörte er die Schwäne dreimal rufen:

„Sün – di – ge nicht, sün – di – ge nicht, sün – di –

ge nicht!"

Er ließ von seiner Schwester ab und warf das Messer im hohen Bogen weit in den Fluss. Mit großen, erschrockenen Augen verfolgte er die Schwäne, wie sie in der Himmelsferne verschwanden. Dann ließ er sich neben Elfit nieder, fahl im Gesicht und vor sich hintierend.

Elfit hatte sich hingehockt und mit den Händen das Gesicht bedeckt. Aus ihr brach ein sinnloser tierischer Schrei, wollte nicht enden und ging über in ein Schluchzen, das sie rüttelte und ihren ganzen zuckenden Körper durchbebte. Ihre entfesselte Todesfurcht der vergangenen halben Stunde löste sich allmählich auf in einen Tränenstrom, der nicht versiegen wollte. Er legte beruhigend einen Arm um ihre Schultern und war über sich verzweifelt. Sie nahm seine Berührung an. Er fasste Mut und sagte fast entschuldigend:

„Allah hat zu mir gesprochen."

Sie wischte das verweinte Gesicht mit einem Unterarm ab und brachte mühselig und stockend hervor:

„Ich... habe ...nichts ...gehört."

Er antwortete:

„Allah spricht anders zu uns als wir Menschen

miteinander. Seine Sprache hören und verstehen nur wenige."

Ein alltägliches Ereignis

Carola saß im Wohnzimmer und sprach leise Worte aus einem Gedichtband vor sich hin, den sie in Händen hielt.

Im Sonnenherbst, da tat mir zuwehen
der Wind einen lieb vergessenen Gesang.
Aus meinen Augen quollen Tränen
wohl viele Herzensschläge lang.
Was uns verdorrte Blüten zeigen,
das verhüllen wir mit Schweigen.

Sie war fünfunddreißig Jahre alt und seit zwölf Jahren verheiratet. Ihr gleichaltriger Mann war Arzt, sie Krankenschwester. Der gemeinsame Kinderwunsch war über Jahre unerfüllt geblieben. Mit Schrecken erfuhr sie von einer guten Freundin, dass ihr Mann sich einer anderen zugewandt hatte. Sie kannte den Grund. Es war ihre Unfruchtbarkeit. Der Mensch begehrt ein Leben lang. Soll der Mensch sagen, was er sich unbedingt wünscht, um glücklich zu sein, verhält er sich tumb wie ein Tor. In Märchen werden ihm

meist von Feen, Geistern oder Magiern für gute Taten drei Wünsche freigestellt, die ihm erfüllt werden sollen. Und das Ergebnis? Der Traum von den unendlichen Schätzen oder dem Schloss auf dem Monde wird verspielt, weil der Mensch im Heute lebt und für die Erfüllung des Augenblicks das Zukünftige aus den Augen verliert. Carola nahm mit blutendem Herzen die Untreue ihres Mannes hin und bewahrte ihm ihre ganze Liebe. Sie beobachtete gelassen die Nebenbuhlerin, wie diese am Geldschrank der Treue werkelte und auf satte Beute hoffte, denn Carola wusste, dass der Tresor leer ist und der begehrte Schatz, die Liebe, von ihr allein gehütet wird. Täglich betete Carola im Gebet: Ich lasse Dich nicht, Du segnest mich denn. Sie setzte mit Vernunft ganz auf das höchste Gut, auf die Einheit von Tugend und Glück , auf den Sinn des Lebens und seinen ewigen Bestand. Und dann kam der Tag, an dem sich ihr Wunsch erfüllte. Ihre Ärztin teilte ihr mit, dass sie im dritten Monat schwanger sei. Sie fühlte, das ist der Atem der Ewigkeit und begriff, es ist zwar alltäglich und unscheinbar und doch das wahre Sein.
Die Diagnose ihrer Hausärztin verschwieg

Carola zunächst ihrem Mann, dem bislang auch keinerlei psychische oder körperliche Veränderungen bei ihr aufgefallen waren. Carola suchte eine Gynäkologin auf, die die bestehende Schwangerschaft bestätigte und mit ihr die weiteren Betreuungstermine vereinbarte.

Wolfgang, ihr Ehemann, konnte sein Glück nicht fassen. Die frohe Botschaft veränderte die eheliche Konstellation. Sie entfachte beim Paar einen Rausch von Morgenröte, Rosenduft und Sterneblinken wie in den Tagen der ersten Liebe. Zärtlichkeit und Fürsorglichkeit bestimmten nun den Umgang miteinander, die Verletzungen der Vergangenheit versanken in den Fluten des Vergessens.

Wolfgang zeigte sich übermäßig besorgt um seine Frau. Sie durfte die Wäsche nicht mehr waschen und aufhängen, den Rasen nicht mehr mähen, sich nicht mehr bücken, um den Fußboden zu wischen. Er begleitete sie zum Einkauf, damit sie nicht schwer trage, durfte nicht mehr die Fenster putzen, nicht mit dem Fahrrad fahren und das Auto waschen. Er bestand darauf, dass sie ihren Mittagsschlaf einhalte, sich vorsichtig bewege und sich keiner Gefahr aussetze. Sie

wehrte sich gegen ihre Bevormundung, fauchte ihn an und wies ihn zurecht, dass sie weder krank noch hilfsbedürftig sei. Er entschuldigte vor sich ihr gereiztes Verhalten damit, dass durch Hormone die charakterliche Stabilität von Carola beeinträchtigt werde und sie eine schwere Zeit durchzustehen habe. Er auferlegte sich deshalb, ihr in allen Situationen Verständnis, Offenheit, Fürsorglichkeit und Empathie zu zeigen. Das wiederum ging ihr gehörig auf die Nerven. Sie sei erwachsen und kein Kind, so wolle sie auch behandelt werden. Und er bestätigte sie:
„Gewiss, kein Mensch zweifelt daran. Es ist aber besser, Du legst Dich ein wenig hin, entspannst Dich, ruhst Dich aus, meidest alle Hektik. Ich weiß als Arzt, was Dir gut tut. Ruhig, ganz ruhig, alles ist in Ordnung. Du brauchst Dich nicht zu ängstigen, ich bin bei Dir."
Carola war glücklich. Das Morgen lebte bereits im Heute, die Welt war neu erschaffen. Sie wusste, dass er sie liebte, dass er eine schwere Zeit durchzustehen hatte und ging mit ihm nachsichtig um. Sie bereitete die Ankunft des Kindes vor. Im Haus wurde ein Kinderzimmer eingerichtet. Sie informierte sich über den Geburtsablauf,

die Ernährung, die Erziehung und die Krankheiten des Kleinkindes und packte die Sachen für ihren Krankenhausaufenthalt in einen Koffer. Die Ultraschallaufnahmen belegten, dass sie einen gesunden Jungen zur Welt bringen würde. Die Wehen setzten bei Carola ein Woche früher als erwartet ein, es war an einem Mittwoch in den Nachmittagsstunden. Wolfgang nahm den gepackten Koffer und drängte ungeduldig zur Abfahrt zur Klinik in die benachbarte Kleinstadt. Er war aufgeregt und nervös, fragte ununterbrochen, wie es Carola gehe, ob sich das Kind bewege und ob die Wehen regelmäßig oder unregelmäßig kämen. Er belehrte sie. Bei der Entbindung müsse sie entspannt sein, tief einatmen und ausatmen. Der Geburtsvorgang sei schmerzhaft, könne sich auch über Stunden hinziehen. Er nestelte zittrig am Lenkrad, überfuhr ein Halteschild und verursachte einen Beinaheunfall, als er einem anderen Verkehrsteilnehmer die Vorfahrt nahm. Carola hörte nicht auf die wohlgemeinten Belehrungen. Sie bangte, dass er in seinem Zustand einen Unfall bauen könnte, schwieg und überlegte, ob sie auch an alles gedacht habe. Dann fiel ihr ein, dass sie für

den Buben noch eine Haarbürste und Babycreme kaufen müsse. Sie forderte Wolfgang auf, in der Innenstadt noch kurz zu parken. Sie müsse für das Kind noch etwas Dringendes erledigen. Er fragte nach, worum es gehe. Sie sagte, sie habe vergessen, für das Kind Haarbürste und Hautcreme zu kaufen. Er protestierte:
„Mein Gott, das kannst Du doch nach der Geburt erledigen. Oder ich mache den Einkauf, wenn Du in der Klinik bist."
Sie entwaffnete ihn.
„Und wo willst Du die Sachen kaufen?"
„Bei Aldi, wo denn sonst."
„Ach Schatz, diese Dinge bekommt man nur in Fachgeschäften. Also parke jetzt!"
Es dauerte einige Zeit, bis er einen Parkplatz fand. Es war ein Parkplatz für Schwerbehinderte. Er missachtete das Parkverbot. Bei Carola begannen die Wehen regelmäßiger aufzutreten. Er beschwor sie, lass uns in die Klinik fahren. Und wiederholte.
„Bürste und Creme können wir auch später kaufen. Sei doch mal vernünftig!"
Sie verhielt sich stoisch und er wagte nicht, ihr zu widersprechen und sie weiter zu reizen. Auf-

regung könnte den Geburtsvorgang beschleunigen. Er quengelte verhalten fort und fürchtete, einem Herzstillstand nahe zu sein. Sein Herz schlug wild und unregelmäßig. Sie stellte klar: „Ach ihr Männer, was ihr schon von Kindern und der Geburt versteht. Unser Kind braucht die Sachen und es gibt uns die Zeit dafür. Also gedulde Dich auch."
Die Zeitabstände der Wehen wurden kürzer. Carola stieß dann zuweilen leise Wehlaute aus, war aber von ihrem Vorhaben nicht abzubringen. Im ersten Geschäft erstand sie zwar die Babycreme, eine blaufarbene Haarbürste gab es dort nicht. Das Pärchen rannte zum nächsten Kindergeschäft, es waren vielleicht dreihundert Meter. Ihm rann der Schweiß von der Stirn, er keuchte vor Aufregung und flehte ununterbrochen: „Bitte, mach uns nicht unglücklich. Ich liebe Dich, um der Liebe willen , lass uns zur Klinik fahren."
Carola schien taub. Sie antwortete nicht mehr und lief noch schneller. Ihr runder, vorgestreckter Bauch wippte auf und ab und er bangte, dass sie gleich eine Sturzgeburt bekommen könnte.
Das zweite Geschäft hatte eine kleine, zartblaue,

mit seidenweichen Borsten ausgestattete Haarbürste im Angebot. Carola hielt sie ihrem Mann triumphierend entgegen.

„Das habe ich gesucht. Siehst Du, nun ist alles perfekt. Es geht alles seinen geordneten Lauf, es wird nichts Unvorhersehbares mehr geschehen."

Plötzlich krümmte sie sich und registrierte kühl, wenn auch leicht erstaunt:

„Oh, ich habe schon den Blasensprung. Es ist nicht schlimm, ich verliere nur ein wenig Fruchtwasser."

Wolfgang sah Flüssigkeitstropfen auf den Boden fallen und fühlte sich einer Ohnmacht nahe. Er stammelte zur Verkäuferin:

„Bitte, wo ist ein Telefon. Ich muss einen Notarzt rufen. Oh Gott, ich habe es gewusst, ich habe es gewusst."

Er irrte im Verkaufsladen umher und suchte hektisch nach dem Telefon. Die Verkäuferin, ein ältere Dame, blieb gelassen und sah seinem Treiben kopfschüttelnd zu.

„Ein Telefon werden Sie hier nicht finden. Wir haben keins. Haben Sie denn kein Handy? Jeder moderne Mensch trägt doch heutzutage ein solches Gerät bei sich."

Er kramte in seinen Taschen herum, dann fiel ihm ein, dass er es im Auto liegen gelassen hatte. Er plumpste ratlos auf einen Stuhl und sackte in sich zusammen.

„Bitte, helfen Sie mir. Wo ist der nächste Arzt? Ich muss ihn holen!"

Die Verkäuferin beachtete ihn nicht und ließ ihn links liegen. Sie reichte Carola ein Handtuch, dass sich die Hochschwangere zwischen die Beine klemmte.

Wolfgang war völlig aufgelöst.

„Carola, was machen wir jetzt, was mache ich nur. Du kannst nicht laufen, wo bekommen wir Hilfe?"

Die Verkäuferin redete nun auf ihn ein.

„Beruhigen Sie sich, bitte, bleiben Sie entspannt und gelassen. Atmen Sie tief ein, atmen Sie tief aus. Es ist alles in seiner Ordnung. Ich habe vier Kinder geboren. Die haben mich immer warten gelassen. Wären Sie ein Arzt, dann wüssten Sie, es besteht keine Gefahr für Mutter und Kind. Spannen Sie Arm- und Beinmuskeln an, fest anspannen, dass es schmerzt. Noch fester, immer fester. Jetzt entspannen Sie. Das tut gut, nicht wahr? Gehen Sie ruhig zum Auto, ganz ruhig.

Fahren Sie unbesorgt in die Klinik, es wird bestimmt ein prächtiges Kind, wird es immer eilig haben. Ich wünsche Ihnen und dem Kind alles, alles Gute."
Carola konnte sich nicht verkneifen anzumerken: „Oh, er ist Arzt, sogar ein sehr guter Arzt. Aber als werdender Vater ein schlechter Arzt. Man muss ihm das nachsehen, er ist Psychiater. Zu mehr hat es nicht gereicht."
Sie zerrte ihren Wolfgang zur Tür, hakte sich bei ihm ein und beide gingen langsam zum Parkplatz zurück, denn Wolfgang hatte Herzbeschwerden und musste von ihr gestützt werden. Auf dem Parkplatz stand eine Dame vom Ordnungsamt und notierte sich in aller Seelenruhe das Kennzeichen des Falschparkers. Wolfgang zeterte mit versagender Stimme:
„Sehen Sie nicht, dass es sich hier um einen Notfall handelt? Muss ich Sie belehren? Menschenleben geht vor Ihre Ordnungsvorschrift!"
„Nein, ich sehe nur, dass Ihre Frau hochschwanger ist. Das ist normal und alltäglich."
Sie wandte sich an Carola.
„Was wird es denn, ein Junge oder ein Mäd-

chen?"

Carola schaute sie treuherzig an:

„Ein Junge, die Wehen hatten eingesetzt, aber ohne Hautcreme und Haarbürste konnte ich ihn doch nicht willkommen heißen. Es ist unser erstes Kind."

Die Ordnungshüterin blickte nach rechts und nach links und nickte verständnisvoll.

„Natürlich geht das nicht. Es ist in der Tat ein Notfall. Sie werden ja nicht jeden Tag die Kindswehen bekommen."

Und zerriss das Knöllchen.

Wolfgang konnte sich später nicht mehr erinnern, wie er Carola in die Klinik gebracht hatte und wie er nach Hause gekommen war.

Carola erzählte ihm, dass er sie ins Krankenhaus gefahren, vor dem Eingang abgesetzt und dann sich leicht benommen aus dem Staube gemacht habe. Er habe dabei stereotyp sich bei ihr entschuldigt.

„ Liebste, ich kann nicht dabei sein, glaube mir, es geht über meine Kräfte, ich schaffe es nicht."

Immerhin fand er unbeschadet den Weg nach Hause. Kaum angekommen, erhielt er einen Anruf vom Krankenhaus. Gratulation, sie haben einen kräftigen Sohn bekommen, Mutter und Kind sind wohlauf. Wolfgang lud umgehend Freunde zu sich ein, die Welt schien ihm neu erschaffen. Er war trunken vor Freude und vom Elsäßer Wein. Und er hielt eine bewegende Rede, obwohl er kein Meister der Rede war.

„Freunde, es war eine schwere Zeit für meine Frau und auch für mich. Ich habe in dieser Zeit gelernt, wie wichtig es ist, in schwierigen und belastenden Lebenslagen dem Partner selbstlos beizustehen, kühlen Kopf zu bewahren und gefühlsfrei und rational zu handeln. Es fiel mir nicht leicht, meiner Carola die Angst zu nehmen und ihr die erforderliche Sicherheit und das notwendige Selbstvertrauen zu vermitteln. Ja, es ist großartig, das Wunder einer Geburt bewusst zu erleben und durchzustehen."

Drei Tage später holte er Carola und seinen Sohn nach Hause. Der Empfang glich einem Jubelfest. Otto, so wurde der Neugeborene genannt, schlief und wurde im Schlafe bewundert. Glücksboten kamen und gingen, die Familienangehörigen waren selig berauscht. Man sang Lieder, denn das Singen bringt Seelenfrieden und eint die Menschen.

Otto war klein und verknittert. Und doch wunder schön. Carola legte ihn an die Brust, er sog kräftig und gierig. Carola gewährte ihm, bis er abließ, zwei Bäuerchen machte und, wie es Wolfgang schien, zufrieden lächelte. Wolfgang dachte bei diesem Anblick, er ist so winzig, unbeholfen und hilflos und doch das Beständige, die Zukunft, das Werdende. Er verkörpert die nie endende Sinfonie des Lebens.

Im bisherigen Leben von Wolfgang gab es viele Momente höchster Einprägsamkeit. Schulische und berufliche Erfolge, die erste Begegnung mit Carola, ein Konzert, ein Buch, eine Landschaft, der Tod des Vaters. Sie hatten ihm angezeigt, in welcher Stunde des Lebens er stand und hatten sein Herz bewegt. Sie hatten ihn wie von Zauberhand auf einen Gipfel gehoben oder ihn in die Tiefe fallen lassen. Und trieben ihn an, nach dem Glück des Augenblicks zu jagen, gehetzt, gierig, unermüdlich. Doch jetzt, wo sein Kind, sein eigen, die Welt betrat und ihn lächelnd begrüßte, fühlte er sich getragen vom Strom des Lebens und aufgehoben in dessen Beständigkeit.

Er schaute zu Carola. Sie legte den Sohn zurück in sein Bettchen. In ihren Bewegungen lag eine ruhevolle Würde, ihr Gesicht strahlte ernste und freudige Klarheit aus. Glich sie nicht einem Engel? War sie nicht Glanz und Garant der unvergänglichen Kraft des Lebens, der Welt von morgen? Ein bewundernder Neid stieg in ihm auf. Ihm wurde bewusst, dass Mann und Frau in ihrem Sosein grundverschieden sind. Er wird als Mann nie Leben und Geist in sich wachsen spüren, es gebären, es nähren und beschützen können wie sie. Dieser Lebensquell bleibt ihm versagt. Doch das Denken, so glaubte er, sei seine Sache. Insgeheim zweifelte er allerdings, ob sich Vernunft und Gefühl in dieser Welt wirklich gerecht verteilen.

Und Otto? Er wuchs unter strenger Zucht heran, liebte als Junge das gefährliche Spiel und das Abenteuer, wurde geliebt und bestätigt.

Konsumierte keine Drogen, trank keinen Alkohol, spielte keine Karten und ging keine Wetten ein. Er krümmte sich nicht, behielt seinen aufrechten Gang, behauptete sich mit zuverlässigem Fleiß, auferlegter Pflicht und Verantwortung und wuchs heraus aus dem Muff des Vergangenen. Spricht etwas dagegen? Nein, aber alles dafür. Er hat Erfolg im Leben. Freilich, er muss sich jedes Jahr an seinem Geburtstag von den Eltern die Vorgeschichte seiner Geburt anhören. Wie lange noch? Er ist inzwischen dreißig Jahre alt.

Bisher sind vom Autor erschienen:

Siegfried Binder
Legenden um die Liebe
2014 Verlag: edition Fischer
ISBN 978-3-86455-928-0
Euro 9,80

„Der etwas kitschige Titel sollte den Leser nicht in die Irre führen, allzu romantisch geht es in dem Buch nicht zu. Es geht mehr um die Abgründe der Liebe und die Sexualität, etwa um Menschen, die im Wahn morden oder weil sie das, was ihnen angetan wurde, nicht länger ertragen können.
Krimis sind es dennoch nicht, eher Portraits von Menschen in psychischen Extremsituationen."
(Der Patriot)

Siegfried Binder
Leidenschaft schafft Leiden
2015 Verlag: BoD, Norderstedt
ISBN 3-734-761-3oo
Euro 9,8o

„Ob der extrem emotional reagierende Jurist, der ehemalige KZ-Häftling der seine Enkelin zur Abtreibung ihres Babys begleitet, der Sterbenskranke der seine eigene Euthanasie überlebt, oder der Ehemann der nach einem misslungenen Versuch seine demenzkranke Frau und sich selbst umzubringen wieder halbwegs glücklich wird, realistisch sind, das sei dahingestellt.
Doch sie sind alle Gestalten, die auf seltsame Art lebendig und abstrakt zugleich wirken. Deren merkwürdiges Schicksal aber doch einen Sinn ergibt und Gegenwartsbezug hat."
(Der Patriot)

Siegfried Binder
Bilki- Geschichten von dem afrikanischen Mädchen Bilki
2015 Verlag: BoD, Norderstedt
ISBN 978-3-738-627-640
Euro 8,99

„Dieses Kinderbuch mit Kurzgeschichten über die Abenteuer der kleinen Bilki erzählt über die verschiedenen Werte des Lebens. Bilki trifft auf Löwen, Giraffen, Grillen, Bienen und lernt aus der Tierwelt wie wichtig Hilfsbereitschaft und Zusammenhalt sind. Kleine Bilder untermalen die Geschichten.
Ein wunderbares Buch zum vorlesen und lesen lassen..."
(Dr. Holzenleiter-Weise)

Siegfried Binder
Judiths Tränen
Novelle
2016 Verlag: BoD, Norderstedt
ISBN 978 374 1226915
Euro 6,99

„Die Erzählung musste ich erst einmal weglegen, weil die Beschreibung der Menschen und die Beschreibung ihres Verhaltens und Handelns sehr nah, ja, manchmal zu nah, an Bilder gerückt ist, die ich selbst in mir trage."
(Prof. Dr. Dabagh)

Siegfried Binder
Wege durch die Finsternis
2016 Verlag: BoD Norderstedt
ISBN 978- 3-7392-3900-2
Euro 9,80

„Ich habe diese Buch erworben und war wirklich beeindruckt von der lebendigen Sprache, dem Spannungsbogen, der Ausdruckskraft und der Themenauswahl."
(Literarische Blätter)

Siegfried Binder
Gefangen im Netz der Macht
2017 Verlag: twentysix Verlagsgruppe Random House
ISBN 978-3-7407-3048-2
Euro 7,99

„Unter welcher Herrschaft du auch lebst, wohin du auch fliehst, du bist immer dem Zugriff der Mächtigen ausgesetzt. Das ist die Essenz dieses Buches."

(Literaturtreff Heilbronn)